어제 오늘 내일

테
리
사
리
소
설

문학나무

한참 억울한 일

이곳에는 낭만이 넘치는 해변도 있고 하얀 모래사장과 광활한 바다도 있습니다. 이따금 나는 바다로 달려가 수평선을 바라보며 인생의 고독을 느낍니다. 그리고 책상에 앉아 글을 씁니다. 고독해서 글을 쓰고 글을 쓰면 더욱 고독해집니다. 정신의 거래인 글쓰기, 뉴캐슬에는 고독이 있습니다.

나는 종종 하늘과 맞닿을 것 같은 높은 대지에 발을 딛고 서서 낯선 하늘을 올려봅니다. 저 멀리서 가물거리며 몽상이 다가옵니다. 글쓰기란 본성을 찾아 나서는 순례가 아닐까요. 풀과 꽃과 물고기와 새들의 본성 그리고 아기의 본성. 지구와 태양과 별의 본성 그리고 인간의 본성을 찾아 신 여행을 떠나는 길이란 생각입니다.

　나는 한동안 호주의 감옥들을 찾아 갔습니다. 감옥의 부름에 응답하듯 달려갔습니다. 자동차를 몰고 기차를 타고 비행기를 타고서. 끝없는 수평선이 바라다 보이는 절벽의 풍광 좋은 옛날 감옥 그곳에 캥거루가 뛰어 놀았습니다. 죄수들의 형벌 노역으로 건축한 옛 돌담엔 과거의 아픔과 현재의 낭만이 공존했습니다. 호주 정부는 아프고 부끄러운 역사를 잘 보존하고 있습니다. 자랑스럽다는 듯이요. 역사의 현장에 가보지 않았다면 나는 감옥이야기를 쓰지 못했을 것입니다.

　호주에서,

　지금은 지역 전쟁기념관에서 일을 하고 있습니다. 가평전투란 말은 자칫 귀에 못이 박힐 정도입니다. 이곳 사람들은 339명의 전사자들, 그들을 '희생과 영광'이라 명명합니다. 나는 엄숙한 표정으로 잊고 있었던 6·25를 상상해 봅니다.

　호주의 저소득층을 돕는 단체에서 활동하기도 합니다. 처음 본 호주는 빨간 지붕을 머리에 이고, 주택의 정원에는 아기자기한 꽃들이 피어 있고, 그들은 모두 행복한 줄 알았습니다. 그들과 가까이 생활하면서 알게 되었습니다. 그들도 나름대로 각기 다른 불행을 안고 살아간다는 것을요. 나는 그들의 말에 귀를 기울입니다.

귀에 들리는 말이 온통 외국어인 환경에서 한글로 글을 쓰는 일은 홀로 사막을 걷는 것 같습니다. 오지에서 혼자 글을 쓰는 일은 마치 외딴섬에 홀로 표류한 기분일 때가 많습니다.

다행히 시드니에는 훌륭한 문인들이 많이 있습니다. 문인들끼리 동인회를 만들어서 서로 격려하며 창작을 하고 있습니다. 가끔 한국의 교수님들이 문학 강연을 위해 먼 이곳 시드니까지 원정을 오실 때가 있습니다. 가뭄의 소 떼처럼 문인들이 모여서 창작의 목을 축이게 됩니다.

어려운 환경에서 모국어를 붙들고 열심히 글을 쓰는 문우들과 함께 소설 2집의 기쁨을 나누고 싶습니다. 이민자들의 문학에 관심을 쏟고 격려해 주시는 이승하 교수님께 깊이 감사드립니다. 또 부족한 글을 출간해 주신 황충상 편집주간님께도 크게 감사드립니다.

2018년 10월

테리사 리

차례

애보리진 엄마

우리는 먼저 감방을 보러 갔다. 금발머리 아가씨가 맹꽁이 자물통을 철꺽 열어주었다. 난생 처음 들어가 보는 감방에 발을 들여놓기도 전에 서늘한 기운에 몸이 부르르 떨렸다. 죄수들이 축조했다는 옛 건물의 지하 감방은 훼손되지 않고 잘 보존되어 있었다.

애보리진 엄마

오스트레일리아의 역사책을 읽으면 감옥이 궁금해진다. 나는 읽던 책을 덮고 벌떡 일어섰다. 잠자는 백인남자를 흔들어 깨웠다. 정확히 오전 열 시였다.

"호주의 옛날 감옥에 가려고 하는데 같이 가자. 점… 점… 점심, 내가 살게."

재빨리 자동차 뒷좌석에 초코를 태웠다. 3174번지 뮬라 빌라란 옛날 감옥을 향해 출발했다. 감옥이 'Great North Road' 상에 있다고 구글 맵이 알려주었다. 시속 70km 속도로 그레이트 노스 로드 위에서 자동차가 굴러가고 있었지만 목표물은 쉽사리 나타나지 않았다. 험준한 산속으로 들어가자 스마트폰의 와이파이가 꺼져버렸다. 혹시 뇌관이 정지되어버린 것인가 하고 나는 내 머리를 한 대 힘껏 쥐어박았다. 머리가 띵했다. 그 순간부터 마치 무수한 원혼들이 머리채를 잡아당기는 것처럼 나는 엉뚱한 곳을 향해 계속 달렸다. 조수석에 앉아 불평을 해대는 남자의 소리가 귀에 들릴 리 없었다. 남자의 잔소리에 눈도 깜짝하지 않고 마치 저능아처럼 고집을 빡빡 부리며 반대방향으로 자동차를 몰았다. 꾹 참고 있던 남자가 나에게 빽 소리를 질렀다.

"호주에선 호주만의 번지수 찾는 방식이 있다고!"

남자의 고함소리가 얼마나 컸던지 먹은 귀가 뻥 뚫려버렸다. 그때서야 나는 달팽이처럼 유턴을 했다. 우리, 남자와 나 그리고 초코는 점자를 더듬듯 목장의 하얀 목책에 적힌 네 자리 숫자를 한 자 또 한 자 짚으며 목적지에 간신히 도착했다. 길을 잃은 시점으로부터 삼십 분이 지나 있었다.

그레이트 노스 로드는 뉴캐슬에서 출발해서 울람비 지역을 관통하고 작고 큰 마을을 달리고 또 험준한 산길을 넘게 되어 있다. 그리고 한참을 더 달리면 자동차가 혹스베리 강가에 도착하게 된다. 그때서야 페리가 친절하게 무료로 자동차를 강 건너편까지 옮겨줄 것이다. 그 길로 내처 달리면 시드니에 도착하게 된다.

지금은 비록 구닥다리 케케묵은 도로 취급을 받지만, 역사책을 읽어보면 호주의 정착 초기 약 700명의 죄수들이 아홉 그룹으로 나뉘어서 그 길을 닦은 것을 알 수 있다. 한때는 그 길이 두 도시를 잇는 동맥이었다.

한 두름에 칠팔십 명씩 굴비처럼 묶인 채 길을 닦고 있는 죄수들의 모습을 상상해 보았다. 잿빛 체인을 철거덕거리며 죄수들이 형벌 노역을 하는 장면을 상상하자 내 발목이 근질근질하더니 금방 싸늘한 소름이 돋았다. 기이한 에너지가 몸과 마음을 설렁하게 끌어당겼다. 길을 닦던 죄수들은 힘든 노역과 허기를 견디지 못하고 간혹 비명횡사하기도 했을 것이다. 하지만 나처럼 어리삥삥한 나그네의 발걸음을 해코지하는 원혼이 꼭 형벌 노역을 하다 비명횡사한 죄수들이란 법은 없었다. 백인들에게 무자비하게 사살되어 구천을 떠도는 100만이 넘는 애보리진의 원혼들이 아니라고 누가 감히 말할 수 있겠는가. 무지 아리송했다.

"아, 아, 억울해! 3174번지, 저게 뮬라 빌라잖아."

나는 남자를 째려보며 절규했다. 내 갈색 동공에는 옆에 서 있는 백인남자를 향한 원망이 고두로 담겨 있었다.

목표물 코앞까지 가서 핸들을 꺾어버린 바보짓을 하다니. 아무리 활처럼 굽어진 지형에 숨바꼭질하듯 숨은 곳이긴 하지만 목표물을 눈앞에 두고 돌아서다니. 거기다 내친김이란 평계를 대고 휴식까지 했다. 하긴 그때 이미 집에서 출발한 지 시간 반이 지나 있었고 뒷자리에서 초코가 끙끙댔다. 물도 먹이고 배설과 스트레칭을 시켜야 할 시간이 되어 있었다.

자동차에서 내려 목을 축이고 난 초코의 눈이 왕방울처럼 커졌다. 유유히 초지의 풀을 뜯고 있는 목장의 소들을 넋을 놓고 쳐다보았다. 하얀 소들의 커다란 몸피에 꿀렸는지 평소 환장하던 말린 돼지귀도 쳐다보지 않고 눈만 끔뻑댔다. 산엘 끌고 가면 캥거루를 뒤쫓고, 바다에 가면 펠리컨을 향해 돌진하고, 수십 마리 돌고래들 속에서 유영을 즐길 줄 아는 용감한 초콜릿색 리트리버가 한심했다. 집을 떠나온 것일 뿐이야 녀석아. 이곳은 네가 유배 온 땅이 아니야, 나는 녀석을 달랬다. 소용없었다. 주눅 든 눈빛은 여전했다. 초콜릿 피부의 애보리진들이 최초로 백인을 보았을 순간의 눈빛이 저랬을까? 나는 머리를 갸웃거렸다.

하긴 개들은 제 집을 지킬 때면 악을 쓰고 짖어댄다. 초코가 제 집을 침범하지 못하도록 몸부림을 치는 모습이 생각났다. 한참이 지났지만 여전한 녀석의 왕방울 시선을 하는 수 없이 소의 뿔에 붙들어 맸다. 남자가 커피를 만들었다. 누가 영국인을 신사라고 했던가. 집 밖을 나온 영국 혈통들은 여자에게 커피를 만들어주는 정도를 신사라고 자랑스럽게 생각하는 인종임엔 틀림없었다. 백인남자와 나는 커피를 마셨다. 비포장 도로변에 서서 마시는 커피는 코끝에 와 닿는 향이 남달랐다. 집을 뛰쳐나오면 낭만이 보인다고 최초로 말한 사람이 누구였더라?

*

감옥을 병풍처럼 둘러싸고 있는 바위산 쪽에서 시름시름 시원한 바람이 불어왔다. 감옥 건물이 들어선 곳은 풍수 지리적으로 명당이란 생각이 들었다. 멀리 소호에서 물오리들이 점점이 떠다니는 것이 보였다.

우리는 먼저 감방을 보러 갔다. 금발머리 아가씨가 맹꽁이 자물통을 철꺽 열어주었다. 난생 처음 들어가 보는 감방에 발을 들여놓기도 전에 서늘한 기운에 몸이 부르르 떨렸다. 죄수들이 축조했다는 옛 건물의 지하 감방은 훼손되지 않고 잘 보존되어 있었다. 하지만 죄수들이 거주했다는 생각만으로도 충분히 불안했다.

"떨지 마! 대부분의 옛 건물들은 식민지 정착 초기 죄수들의 형벌 노역으로 지어진 거야!"

영국 신사가 나에게 위로랍시고 한마디 던졌다.

감옥 내부에 처음 시선이 닿았음에도 아주 오래전에 조우했던 느낌은 기이했다. 그것은 친절한 기시감이었다. 사진을 찍으려고 볼링공 사이즈의 쇠방울을 들어 올려보려고 허무한 시도를 해보았지만 꼼짝달싹하지 않았다.

스마트폰에 죄수들이 사용했던 물건들을 대충 찍어 담았다. 통틀어서 북쪽 방과 남쪽 방으로 분리된 두 개인 감방 내부에는 쇳덩이와 수갑, 체인 등이 그리고 감방 외부엔 죄수들을 묶었던 녹슨 쟁기 같은 중장비 도구들이 전시되어 있었다.

손이 닿지 않는 높은 곳의 아이패드 크기의 암벽 구멍을 뚫고 들어온 빛이 내 얼굴을 어루만졌다. 각각 4×4미터에 높이 4미터 크기의 감방 동쪽에는 숨은 내실이 있었다. 그 감방 내부로 들어가면서 나는 머리를 찧었다. 꼭꼭 숨겨놓은 감방엔 여죄수를 분리 수감했다고 했다.

조엔이란 사내가 있었는데 그는 그 감옥 최초의 탈옥자였다. 사내는 자신이 형벌 노역을 한 그레이트 노스 로드에서 약 삼 개월쯤 갱 노릇을 하다 붙들렸다. 그를 그 여죄수 감방에 가둔 것이었다. 재미있었다. 감옥이란 사실도 잊고 킥킥 웃었다.

감옥 벽 높은 곳의 구멍은 외부뿐만 아니라 감방과 감방 사이에도 뚫려 있었다. 밤이 오고 어둠이 닥치면 그 검은 구멍으로 그들은 서로 소통하지 않았을까? 달빛이 새어들면 자신의 고향인 영국을 그리워하면서 노래를 불렀을까. 배고파 칭얼대는 아기를 위해 한 조각의 빵을 훔치다 이 크나큰 섬으로 유배되어 왔을 뿐이라고 투덜거렸을까. 하긴 바다를 가로질러 온 인간의 피는 냄새부터가 다른 게 아닐까. 그 생각을 하자 목울대가 파르르 떨렸다.

호주 시민권을 받던 날이었다. 밑도 끝도 없이 'I am Australian'를 목청껏 불렀다. 아직도 그날의 내 목소리가 귀에 생생할 정도다. 얼떨결에 그들도 나도 문득 호주인이 되어버렸다. 영국인도 아일랜드인도 스코틀랜드인도 미국인도……. 죄수든 창녀든 사형집행인이든…….

그리움이 몰려올 때면 죄수들은 가슴을 치며 수만리 길 가로놓인 바다를 원망했을 것이다. 감방 밖에서 바람에 구르는 낙엽 소리를 듣고 처량한 신세를 한탄하기도. 감정이 북받칠 땐 죄수들끼리 싸움을 하지 않았을까. 그러다 서로 붙들고 통곡도 했으리라. 쓸쓸한 기청감이 살아났다. 감방에서 발길을 돌려 나오는데 문득, 뜻도 의미도 없이 인생을 살고 있는 내가 그 안에 투옥되어야 할 것 같다는 생각이 들었다.

나는 게게묵은 역사책의 218페이지를 펼쳤다. 1830년, 뮬라 빌라의 기록을 찾아냈다. 하지만 Mulla Bulla란 감옥명이 애보리진 언어인지 아니면 시인의 고향인 아일랜드의 Mullagh란 단어에서 파생되었는지를 모르겠다고 딱 잡아뗐다. 물론 뮬라 빌라가 뭐 그리 중요하겠는가. 뮬라 빌라란 감옥 이름이 어디서 시작되었던 그곳을 죄수들이 축조했다는 점이 중요할 뿐이다. 일층은 감옥, 이층은 치안판사의 집이었다. 그곳 이층에서 시인 리즈 던롭이 치안판사와 함께 살았다.

오! Hush thee - 내 아기는 자고,
......
우리의 십은 멀리 숲에 있다.
그리고 하늘에는 별이 떠 있다.
......
귀를 꿰뚫는 소리가 들린다.
엄마의 눈물
미약한 힘.
오, 가슴에 꼭 안기는 작은 생명
그들이 엄마를 고문한다.
강철로 목을 조른다.
모래 속의 다이아몬드 같았던

부족의 정신은 죽었고
우리는 땅에서 사라질 것이다.
소중한 주님은 어린 생명을 위해서
하지만 나는 오직 벌판에서 피를 흘린다.

오, 너를 사랑해.
……

칼날이 너의 목을 자르는
그 소리를 견뎌야 해.
너의 이름은 나의 부드러운 입술에서.
내 아이, 내 아이, 그리고 너는 갔어.
회전하는 구름 너머로……
백인들의 기독교 신 앞에서
……

그녀가 쓴 시 「애보리진 엄마」의 일부다. Eliza Hamilton Dunlop, 그녀는 모두가 침묵할 때 용감하게도 애보리진 편에 서주었다. 그녀의 시는 한마디로 그들 애보리진의 목소리이다. 시의 배경은 1838년 6월, 뉴사우스웨일스 북부에서 남자와 여자 그리고 어린 아기에 이르기까지 30명이 날카로운 칼에 목이 잘리거나 총살을 당해 살해되는 사건을 그린 것이다. Myall Creek 대학살에 대해서 그녀가 쓴 시다. 살인에서 유일하게 살아남은 생존자로 추정되는 어머니의 처절한 목소리를 그녀가 대신 시로 외친 것이다. 시는 살해 주동자 백인이 그녀가 예쁘다는 이유로, 성적 대상으로 잡아 놓은 검은 동물 중 한 마리 암컷의 울부짖음이었다.

"애보리진을 죽인 백인을 유죄라고 할 수 없어."

"애보리진을 봐! 원숭이와 무엇이 다른가. 검은 동물을 지구에서 빨리 제거해야 할 뿐이다. 그들은 인간이 아니라 동물일 뿐이야."

"백인남자들이 살인을 저질렀다는 것은 알았지만 애보리진을 죽였다고 교수형을 당하는 백인은 결코 없을 것이다. 영원히."

"애보리진을 살해했다고 절대 백인을 기소해서는 안 된다."

이와 같은 백인 배심원들의 목소리에 저항하며 그녀는 시를 썼고 그래서 시는 그 당시 발표되지 못했다. 오랜 시간이 지난 후에 발표할 수 있었다.

백인 살해자들은 일요일에 아내들을 교회에 보내놓고 애보리진들을 닥치는 대로 살해했다. 그들의 아내가 두 손을 모으고 기도하고 있는 시간 그들의 손에 들린 칼에서는 피가 튀었고 총에선 화약이 터졌다. 애보리진 소탕의 역사는 사뭇 충격적이었다. 나는 남자들의 손에 들린 총과 사타구니 사이에 발기한 총의 상관관계를 유추해 보았다. 분명 그들은 혐오스러운 방법으로, 피에 굶주린 인간들처럼, 학살이 무슨 정의처럼, 편안한 양심으로, 애보리진을 전멸시켜야 한다고 총칼을 남발했을 것이다. 애보리진을 학살했던 그 백인남자들은 차마 리즈 던롭의 시를 읽을 수 없을 것이다. 100만 명이 넘는 애보리진을 학살한 다수의 백인들이 지배하는 시대에는…….

감방에서 빠져나온 우리는 초코를 앞세우고 누천 년 높새바람에 파인 암굴을 보러 갔다. 사람의 키를 능가하는 높이와 20스퀘어 미터는 족히 되어 보이는 동굴에 머리를 들이밀어 넣었다. 오래전 애보리진이 살았을 법했다. 만약 동굴 속에 아기가 보였다면 가차 없이 살해했겠지. 검은 피부의 새끼동물이라고.

동굴을 보러 가기 전에 미리 주문해 놓았던 점심으로 화이트킹에 새우가 들어간 피쉬 엔드 데이를 맥주와 곁들여 먹었다. 비싼 음식은 내용물이 적다는 레스토랑의 비밀을 꼭꼭 씹으며 죄수들의 피와 땀과는 너무 상반된 낭만적인 풍경에 마음이 뿌듯했다. 하지만 고즈넉한 곳에서 슬긴 향긋한 점심시

간이었다. 그래서였을까, 예쁜 금발 아가씨에게 팁을 주는 백
인남자를 향해 나는 눈을 흘기며 그곳에서 걸어 나왔다. 나는
점심 값을 지불하고 아무 말도 하지 않았다.

시동을 걸면서야 이곳으로 올 때 길을 잃었던 기억이 떠올
랐다. 우리의 갈 길을 해코지할 원혼들 걱정이 앞섰다. 원한을
품은 영혼은 굳은 피처럼 응고되어 영원히 지상을 떠돌게 되
는 게 아닐까. ✱

유령이 내게 말을 걸었을 때

어둠에 떨고 있는 교수대의 희미한 흔적을 올려다보자 나도 셀 수 없이 투옥되거나 사형당한 것 같은 억울함이 솟구쳤다. 여자라는 성으로, 가난 때문에, 무지해서, 이방인이어서…….

유령이 내게 말을 걸었을 때

출발도 하기 전인데 마음부터 오싹오싹했다. 실제로 오싹한 정서는 달포 전 티켓을 구입한 순간부터 시작되었다. 그것은 마치 유령에게 지갑을 털린 것과 같은 기분이었다. 형체도 없는 유령접촉비가 오십 달러씩이라니. 억울한 생각에 출력한 티켓을 한 손에 들고 감옥 사이트에 올려놓은 사진을 구멍이 뚫리도록 들여다보았다.

푸르스름한 불이 밝혀진 셀의 사진엔 눈을 닦고 찾아봐도 유령은커녕 유령의 씨알도 보이지 않았다. 하긴 그래서 너도 나도 목을 메고 감옥으로 달려가는 게 아니겠는가, 유령을 만나겠다고. 옛 감옥에 가게 되면, 교수대에서 숨을 거둔 유링,

아기유령, 누명에 죽은 유령, 자살한 유령들을 접촉하게 되리
란 예감이 들었다. 나는 유령을 만나 혼절이라도 하고 싶었다.
달포 내내 유령 생각에 미쳐 있었다.

　남자와 나는 유령을 만난 후 자정 무렵 집으로 돌아왔다. 나
는 이불을 뒤집어쓰고 뻗어버렸다.

　아침 느지막하게 눈을 떴다. 온몸이 바람 든 무처럼 꼼짝할
수 없다. 이불 속에서 발가락을 꼼지락거리는데 지난밤이 마
치 꿈처럼 기억난다. 커피 생각에 몸을 발딱 일으켰다. 물이
끓자 커피포트의 전원이 저절로 꺼진다. 끓어오른 물이 유리
포트 안에서 억울한 비명을 지르며 가라앉는다. 침대로 돌아
온 나는 기역자로 누워서 커피를 홀짝거린다. 지난밤, 사이키
스트가 한 사형수의 이름을 애타게 불러대던 장면이 가장 생
생하지만 아무래도 기억을 차근차근 풀어보는 편이 나을 것
같다. 까만 티셔츠를 입은 노란 머리와 파란 눈의 그녀는 젊고
아름답고 지적이어서 황당했다.

　어제 남자와 나는 예정시간보다 조금 일찍 메이틀랜드 감옥
(Maitland Gaol)에 도착했다. 가시철망이 창살에 촘촘하게 휘감
겨 있는 풍경은 여느 감옥과 다를 것이 없었다. 세 자녀를 대
동한 젊은 부부가 굳게 닫힌 감옥 앞에 서서 호들갑을 떨며 반

가위했다. 자녀들의 표정은 꽁꽁 얼어 있었다. 뒤를 이어서 25명의 참여자 전원이 도착한 후에도 철문은 굳게 닫힌 채 열릴 생각을 하지 않았다. 어두운 지상에 우우 몰려 서 있는 사람들이 마치 딴 세상 사람들처럼 보였다. 섬뜩한 어둠이 높은 벽을 타고 내려와 사람들에게 강철수갑을 채울 것 같았다.

드디어 철판 긁는 비명을 지르며 교도소 문이 열렸다. '유령 헌팅 101(Ghost Hunting 101)' 여자의 검은 티셔츠에 적힌 하얀 글씨의 문구를 소리 내어 읽어보았다. 사이키스트군! 하얀 손가락을 휘휘 저어가며 해설하는 여자에게 귀를 집중했다. 나는 그녀가 사이키스트일 것이라고 마음속으로 동전을 던지며 내기를 걸었다. 열성적으로 설명을 끝낸 사이키스트는 일행을 유령의 건물로 다급하게 몰아넣었다. 남자와 나는 군중 속에 휩쓸려 잡고 있던 손을 놓치고 말았다.

으악! 나는 건물의 문틀에 발이 걸려 자빠졌다. 그때서야 핸드백을 뒤져 렉셀 플래시를 꺼냈다. 피가 스타킹을 타고 흘러내리고 있었다. 단체 행동은 피 닦을 시간조차 허락하지 않았다. 센서머신을 나누어주는 곳을 향해 달려가야만 했다. 나는 간신히 센서머신을 받을 수 있었다.

전기의 스위치를 내리자 8동 건물 내부가 눈앞에서 사라졌다.

"호랑이를 잡으려면 호랑이 굴로 들어가야죠. 유령을 만나려면 셀의 내부로 들어가야 하고요. 여러분!"

사이키스트가 호령했다. 사이키스트가 사람들을 소 잡듯 몰아붙였다. 나는 사이키스트가 지정해준 셀에 급히 몸을 밀쳐 넣었다. 내가 들어간 곳은 2.5×3미터 넓이에 4미터 높이의 감방, 살인자를 수감했던 곳이었다. 쇠막대기문을 닫고 두꺼운 철판 이중문을 닫았을 때 견고한 어둠이 셀의 내부에 꼼짝없이 갇혔다. 나의 두 번째 심장이 깨어나 고동치기 시작했다. 스마트폰 크기의 센서를 손에 든 나는 유령이 센서에 달라붙기를 기다리며 숨을 죽였다. 괴기스러운 에너지가 금방이라도 내 손바닥을 물어뜯을 것 같았다. 불길하게도 어디서 끊임없이 비릿한 피 냄새가 풍겼다. 센서에 빨강 노랑 파랑의 불빛이 점멸하기 시작했다. 드디어 유령이 나타났다. 드디어 유령을 만났다. 나는 다급하게 질문했다. 꼭 한 가지 질문할 게 있는데 잠시만 기다려줄 수 있겠어? 내가 말을 붙이자 센서의 불빛이 황망히 도망가버렸다. 나는 팔을 휘저었다.

손이 닿지 않는 높은 벽의 얇게 뚫린 구멍에서 최후의 희망처럼 빛이 새어 들어올 뿐 점멸하던 센서의 불빛은 사라져버렸다. 나는 씁쓸한 미소를 짓다 그만 눈물을 흘리고 말았다.

눈물이 불러들인 것일까? 빨강과 노랑, 파랑과 초록의 불빛이 센서에 다시 돌아왔다. 이젠 무섭지 않았다. 유령을 놓치지 않으려고 검은 허공에 두 팔을 휘저었다. 퍽! 바보처럼 변기에 무릎을 세게 박았다. 겨우 몸을 한 바퀴 맴돌 정도의 공간에서 방향감각을 잃다니. 희한하게도 아프지 않았다. 감방의 내부에서 피 냄새가 진동했다. 코를 킁킁대며 주변을 살폈다. 딱하게도 그동안 피 냄새를 풍긴 진원지가 내 무릎이었음을 알아내고 피식 웃음을 터뜨렸다. 아무리 무서웠기로서니, 제 몸에서 흐르는 피 냄새에 겁을 먹다니. 내 정수리를 한 대 쥐어박았다.

초조하던 마음은 실망으로 돌아섰다. 그것은 내가 투자한 티켓 요금 오십 달러가 기억났기 때문이었다. 으스스한 기분은 들었지만 내가 상상했던 공포에는 턱도 없었다. 유령의 에너지는 센서에 끊임없이 점멸했지만 내가 바라는 것은 그런 시시한 정도가 아니었다. 영화나 드라마에서처럼 번개가 번쩍번쩍 솟구치고, 온몸에 소름이 확확 돋고, 유령의 형체가 보일 듯 말 듯 사방으로 날아다니다 내 머리카락을 거칠게 낚아채 내가 비명을 지르다 혼절하게 되기를 바랐다. 기다려! 그렇게 빨리 실망할 건 없잖아. 나는 자신을 다독이며 회심의 미소를 지었다.

그때 셀 밖에서 호루라기 소리가 들렸다. 번개처럼 철문을 박차고 밖으로 나갔다. 불을 밝히자 감옥의 내부 표정이 낱낱이 드러났다. 나는 숨을 길게 뱉었다. 일층과 이층을 육중한 철판이 갈라놓은 것이 보였다. 열한 살 소년, 그리고 여죄수들이 아기와 함께 수감되었던 셀들이 이층에서 나란히 얼굴을 내밀었다.

다시 불이 꺼졌다. 사이키스트가 허공을 향해 구슬프게 이름을 불렀다. 형장의 이슬로 사라진 사형수의 이름임을 직감적으로 알았다. 그녀가 허공을 향해 이름을 부를 때 어둠 속 어디에서 대답이 들려오리란 기대로 나는 숨이 막혔다. 사이키스트의 강신술이 불러내게 될 유령의 응답을 기다리는 동안 내 입술이 타들어 가는 것도 몰랐다. 애절하게 이름을 부르던 사이키스트가 갑자기 신음소리를 내며 뒤로 넘어졌다. 기묘한 일이지만, 그때 기적처럼 오스카 와일드의 시 「레딩 감옥의 노래」가 떠올랐다.

나는 고통에 찬 다른 영혼들과 함께
또 다른 고리를 만들며 걷고 있었다.
내 뒤에서 소곤거리는 목소리가
"저 친구는 곧 매달릴 거야"라고 들려왔을 때
남자가 무슨 일을 저질렀을까? 나는 몸을 부르르 떨었다.

어제 오늘 내일

"찰리! 네가 억울하게 죽었니?"

부스스 몸을 떨며 일어난 사이키스트의 비브라토 목청이 소리쳤다.

"내가 귀를 열고 있어! 네 진실을 들려다오."

1897년 이곳 교도소의 마지막 처형자였던 찰리 하이네스란 사내는 숨이 멎는 그 순간까지 무고를 부르짖었다고 한다. 침묵! 사후의 영혼과 살아 있는 영혼이 한 시공에서 압도적인 침묵으로 얽혔다. 침묵의 침묵은 누군가의 진실을 듣고자 하는 열망과 의문일 것이다. 대답은 들리지 않았고, 죽은 자는 말이 없었다.

옛 감옥에서도 아기들은 태어났다. 태어나다 죽거나 젖을 빨다 죽었다. 엄마의 품에 안기거나 손을 잡고 들어온 아기들도 더러더러 감옥에서 운명을 마감했다. 고 조그만 독방에서 아기들과 여죄수는 어떻게 견디었을까? 상상하자 가슴에 찌르르 전기가 흘렀다. 세상의 자락도 미처 만져보지 못한 풋내기, 열한 살의 미성년자가 투옥되었던 독방의 높은 벽에 뚫린 외로운 구멍으로도 별빛은 찾아들었을 것이다.

일행은 옛 처형대가 있었던 장소로 이동했다. 대부분의 살인자들과 약탈자들이 처형당한 교수대는 하필이면 주방건물 외벽이었다. 광장을 마주 바라보는 벽은 처형하는 광경을 더 많은 군중이 볼 수 있도록 설계했다고 한다. 그 당시에는 남자든 여자든 아이든 심장이 간당간당 팔딱거리는 노인이든, 무시무시한 장면을 엔터테인먼트로 즐길 수 있었다.

살아남고 싶은 원초적인 욕망과 식욕은 근친상간이다. 음식 냄새를 맡으며 숨이 넘어가던 사형수들은 대부분은 젊은 나이였다. 본능처럼 의문이 솟구쳤다. 그들은 무엇 때문에 살인을 했을까? 욕정이나 물질적 탐욕 때문에? 누군가를 죽이고 싶을 만큼 사랑해서? 사랑에 굶주려서? 텅 빈 위장을 채우기 위해서? 권태로워서?

어둠에 떨고 있는 교수대의 희미한 흔적을 올려다보자 나도 셀 수 없이 투옥되거나 사형당한 것 같은 억울함이 솟구쳤다. 여자라는 성으로, 가난 때문에, 무지해서, 이방인이어서……. 하면 누구는 목이 달려 죽어야 했고, 또 나는 왜 태어나야만 했는가?

삶을 붙들고 울어야 할지 웃어야 할지 아리송했다. 막상 유령을 접촉했다면 혼란스러웠을 것 같았다. 물어보나마나 대답은 별 볼 일 없지 않았을까. 공연히 생의 혼란만 자초했을 것이란 생각을 하자 유령을 만나 기절하지 않은 것이 다행스러웠다. 살인이 인간의 극단적인 타락이라면, 아름답고 숭고한 죽음에 닿기 위해서 나는 어떻게 살아야 하는가? 남은 내 인생의 시간이 너무 짧은 것 같아서 어지러웠다.

나는 사형수의 목에서 떨어진 식은 피 같은 잔여의 커피를 목구멍에 털어넣는다. 그리고 이불을 머리꼭대기까지 뒤집어 쓴다. ✶

범죄자 식민지에서 무슨 일들이

한 나그네가 먼 사막을 걸어가고 있다. 그 나그네가 분명 여자 자신은 아니다. 남자인지 여자인지 아이인지 노인인지 분명하지 않은 나그네는 무거운 짐을 어깨에 메고 지친 발을 끌며 걸어간다. 멀리서 모래바람이 불어온다.

범죄자 식민지에서 무슨 일들이

1

유레카! 소년이 소리쳤다. 돛대의 꼭대기에 서서 멀리 수평선에 까맣게 보이는 점을 바라보며 외쳤다.

"배를 돌려라!"

뱃머리를 돌렸을 때 검은 점이 구름 덩어리 속에서 점점 뚜렷하게 보이기 시작했다. 망원경을 낚아챈 쿡은 소년의 손가락을 따라 시선을 던졌다. 확장된 동공으로 검은 점을 응시하던 쿡이 곧바로 어깨춤을 추었다.

"Land Ho!" (땅이다!)

지구의 반대편, 태평양의 동쪽에 있는 섬을 발견한 것이다. 제임스 쿡 선단이 호주를 발견하게 된 운명적인 순간의 스토리다. 1770년이었다.

여자는 나달나달한 표지의 책을 덮고 후루룩 커피를 들이킨다. 팔을 뻗어 두꺼운 책, 하드커버의 첫 장을 펼쳤다. 여자의 눈두덩이 차례를 훑으며 감겨질 것 같다.

11척의 죄수(Convicts) 선단이 포트 잭슨항(지금의 시드니항)에 첫 닻을 내리던 날은 짙은 안개가 끼어 있었다. 정확하게는 오늘날로부터 230년 전이었고, 그렇게 해서 호주의 식민지 역사는 출범했다. 1887년에 출발한 선단은 바다 한가운데서 묵은해를 떠나보내고 1888년 새해와 함께 새 땅을 밟을 수 있었다. 새로운 땅, 거대한 땅은 불확실한 운명을 잉태하고 있었다. 그들 백인들의 눈에 원주민들은 호모사피엔스가 아니었고, 그렇게 봄으로써 그들은 주인 없는 땅(Terra Nullius)이라 명명했다. 첫 선단이 도착한 날로부터 80년 동안 약 162,000명의 죄수들이 유형지의 땅으로 이송되었다. 그러한 호주의 역사는 범죄자 식민지란 고상한 트레이드마크를 달게 되었고, 호주 역사책의 페이지마다 과거의 시간이 현재의 시간 속에서 째깍째깍 움직이며 범죄자의 스토리를 들려준다. 여자는 읽던 책의 페이지를 훌쩍 건너뛰었다.

범죄자 식민지 호주가 출범하던 당시의 영국은 산업혁명 후 심각한 경제적 불황기를 겪고 있었다. 거기다 법률은 엄격했다. 가혹하게 처벌하면 범죄가 줄어들 것이라고 가정한 그들은 한 장의 손수건이나 한 덩이의 빵을 훔친 자들도 붙잡아 투옥했다. 굶주림과 가난은 종종 범죄로 연결되었다. 그 무렵 미국은 독립선언을 했고 죄수 이송을 단호하게 거절했다. 영국 정부는 넘쳐나는 감옥의 죄수들로 골머리를 앓았다. 사회의 불순물을 어디로든 처리해야만 했던 그들에게 새로운 유형지는 신의 선물이었을 것이다. 남태평양의 넓은 땅은 그들에게 범죄자 처리장으로 안성맞춤이었다. 종기 같은 범죄자들을 고립시킬 수 있는 완벽한 땅, 호주가 태동하게 된 동기다.

여자는 읽던 책을 손에 든 채 창가로 걸어갔다. 창문으로 들어오는 따뜻한 공기를 깊이 들이마신다. 여자는 살면서 늘 실내가 실외보다 더 추울 때가 많았다. 자궁 안에서 태아가 꿈틀거린다.

식민지 개척시대 죄수들은, 살아서 돌아갈 수 없는 땅(Never, never land)에서 길을 닦고 식민지 청사를 건축하고 선착장과 주거지 등 닥치는 대로 형벌 노역을 해야 했다. 길고 긴 항해 끝에 하선한 그들은 곧장 감시원의 채찍을 맞으며 참으로 기가 막힌 다양한 임시 구치소로 이동했다. 그들을 기다린 것은 형편없는 환경과 몸을 혹사하는 노역이었다. 처치 곤란한 노동인력, 흉악범을 제외한 대부분 죄수들의 형량을 노동으로 대체시켰다. 죄수들은 무거운 쇠사슬에 굴비처럼 묶여서 노동을 해야 했다. 그러한 그들은 늘 허기졌고 중노동으로 육체는 고통스러웠다. 그들은 배를 채우기 위해서 틈만 나면 절도를 해야 했다. 감옥이 조성되기 전엔 말로 표현할 수 없는 처참한 곳에 죄수들을 구금시켰다. 늪지대도 예외일 수 없었다. 시드니는 불행하게도 늪지대였고, 그로 인해 많은 죄수들이 열병에 걸려 죽기도 했다. 여자는 읽던 책을 덮고 팔을 뻗어 A3 사이즈의 얇은 책을 펼친다.

아름다운 항구도시 시드니가 탄생한 배경에는 눈물겨운 숨은 스토리가 넘쳐났다. 최초의 식민지였던 뉴사우스웨일스에서 일어났던 강도사건들만 봐도 알 수 있다. 식민지 영토에서 일어났던 '강도사건'은 해마다 영국의 온갖 '절도사건'보다 훨씬 많았다. 물론 죄수들이 많이 건너간 미국에서도 범죄는 부지기수였다. 그것은 당연한 인과관계였을 것이다. 초창기 식민지의 규율은 엄하고 노역은 지루하고 끝이 없었다. 척박한 유형지에 내동댕이쳐진 초기의 남자 죄수들은 간수와 경찰의 잔혹함을 견뎌내지 못해, 기회를 틈타 숲으로 달아났다. 그리고 그들은 무뢰한이 되었다. 곧 산적이 된 것이다. 그들 중

몇 명은 살인광이었다.

살인도 마약처럼 중독성이 있었던 모양이다. 메이저 아더 그리피스, 일명 '괴물 제프리'로 불렸던 사내가 그랬다. 스코틀랜드의 에든버러에서는 교수집행인이었던 그가 범죄자의 식민지로 건너와서는 군인으로 신분세탁을 했다. 그래서 그는 교수형 대신 죄수들에게 매를 때리는 일을 맡았다. 식민지에 도착하기 전에 그는 이미 사람의 목숨을 끊는 일에 깊숙이 중독된 영혼의 소유자였을 것이다. 어느 날부터 그가 슬금슬금 살인을 하기 시작했다. 그는 수많은 살인을 저질렀다. 하지만 한 번도 그가 물건을 훔친 적은 없었고, 오직 사람의 목숨을 끊는 일에만 몰두했던 모양이었다.

한번은 엄마와 갓난애를 유괴한 후 갓난애의 머리를 때려 단숨에 죽여버렸다. 결국 그 일로 그는 살인자로 발각이 되고 말았다. 그가 살인마란 것을 알고 경악한 태즈메이니아섬 주민들이 대대적으로 들고 일어섰다. 심지어는 죄수들까지도 동원되어 깊은 산속으로 들어가 그를 수색하는 일에 참여했다. 그는 체포되었고 즉시 처형되었다. 그리고 처형되기 전 고백한 바에 의하면 그는 인육을 먹었고, 그리고 다른 많은 산적들 또한 인육을 먹는다고 고백했다.

여자는 생각에 빠져 무심코 커피를 마시다 사레가 들었다.

캑 캑. 입에서 튀어나온 커피가 책장에 넓고 큰 지도를 그려놓았다. 그녀는 일어나 창문을 조금 열고 창틀 위에 책을 세워놓는다. 여자는 창가에 선 채 출력해 놓은 자료를 펼쳐 읽기 시작한다.

그 당시 인육을 먹는 일이 그다지 희귀한 일은 아니었던 모양이었다. 알렉산더 피어스란 사내도 태즈메이니아섬의 감옥에서 다른 죄수 다섯 명과 탈옥했다. 가파른 바위 벼랑에 숨어 있는 동안 허기를 견디기 힘들었다. 일행 중 한 명이 자기는 인육을 먹을 수 있다고 중얼거렸다. 그날 밤 한 죄수를 살해했다. 남은 자들이 간신히 훔친 배를 타고 도주해 가는 동안에 두 번째로 누군가를 살해했고 그중 한 죄수가 죽은 자의 심장을 꺼내 해치웠다. 며칠 후 다시 한 죄수가 살해되었고 살아 있는 자가 죽은 자의 심장만 아니라 간장까지 먹어치웠다. 남은 세 명의 죄수 중 한 죄수가 지쳐 배 위에 쓰러졌을 때 누군가가 손도끼로 일격에 죽여서 시체의 일부를 해치웠다. 피어스란 사내, 그가 남은 마지막 한 사람을 죽이고 심장부터 먹었다.

식인귀 피어스는 다시 체포되었다. 하지만 1년 후에는 감옥에서 콕스란 사내를 꼬드겨서 다시 탈옥을 했다. 그러나 탈옥한 며칠 후, 갈기갈기 찢긴 콕스의 시체가 숲에서 발견되었다.

피어스, 그는 또 체포되었다. 기이하게도 그가 탈옥할 때 훔쳐
간 고기와 생선은 손도 대지 않은 채 그대로 남아 있었다. 그
는 스스럼없이 사람고기가 더 맛있었기 때문이라고 고백했다.

그때 책이 바닥으로 곤두박질쳤다. 바람도 불지 않았는데?
여자는 고개를 갸웃거리며 일어선다. 갑자기 몸을 움직이자
태아가 발길질을 심하게 해댔다. 그녀는 자료를 덮고 창가로
걸어간다. 배를 마사지하며 창틀에 책을 다시 올린다. 아직도
군데군데 축축한 책을 손으로 만지며 비디오게임을 하고 있는
남자를 부른다.

"달링, 메이틀랜드 감옥에 같이 가지 않겠어?"

여자가 물었다.

"그게 그렇게나 대단한 이벤트야?"

남자가 손에 게임기를 든 채 대답한다.

2

"기똥찬 날씨잖아!"

남자가 말했다.

"컥 컥 컥……."

여자가 손으로 입을 가리고 웃었다. 남사의 말은 들리지 않

았다. 감옥으로 가기에는 분통터지게 화창했다. 여름 한낮의 기온이 섭씨 24라니. 구름 한 점 없는 하늘은 마치 배를 머리에 뒤집어 이고 마린블루의 대양을 가로지르는 기분이다. 그 대양 한가운데서 어마어마한 살인이 일어나도 좋을 것 같았다. 무엇보다 FM 106.1 채널에서는 캐럴이 울렸다. 크리스마스가 이틀 남았다.

"무슨 큰 일이 일어날 것 같지 않아?"

남자가 말했다.

"에이, 무슨 사건이 일어나려고?"

여자가 계속 웃으며 말했다.

"사건은 어딘가 완벽해 보이는 상황에서 발생하는 법이거든."

남자가 핸들 위의 손가락을 접었다 폈다 반복하며 말했다.

"……"

여자가 미소를 거두고 남자를 한 번 흘끔 쳐다보았다.

"말을 훔치기엔 안성맞춤인 날이잖아, 그렇지?"

남자는 눈을 가늘게 뜨고 하늘을 잠시 응시했다.

"어머머, 경마장이잖아요. 길을 지나왔어요. 빨리 차머리 돌려요!"

여자가 웃음기를 싹 거두며 말했다.

어제 오늘 내일

"위조지폐로 경마에 베팅이나 할까?"

남자가 고개를 경마장 방향으로 꺾은 채 말했다.

"차머리 돌려요."

여자가 화를 냈다.

"말을 훔치려면 당신과 한 패거리가 되어야겠지? 한 사람은 망을 보고 한 사람은 말을 끌어내고…… 콜록콜록."

기침을 하는 남자의 어깨가 물결처럼 흔들린다.

"차머리 돌리지 않고 뭐해요?"

여자가 고함을 질렀다.

"한 가족이 모두 도둑으로 활약한다면 거부가 될 수 있을 텐데 말이지."

남자는 여자가 화를 내는 것을 즐기며 말했다.

"뱃속의 애가 태어나면 아예 도둑질을 전문으로 가르치지 그래요?"

여자가 손바닥으로 만삭의 배를 문지르며 가라앉은 목소리로 말했다.

"사실, 열한 살 소년이라면 애를 배게 하는 짓 빼곤 뭔들 못하겠어요!"

여자가 계속해서 말했다.

"내참! 부모와 형제들 큼, 큼, 큼……, 삼촌들까지 모두 도

둑이라면 열한 살짜리 어린애에겐 선택의 여지가 없었던 셈이
지!"

남자가 말하며 고개를 설레설레 흔들었다.

"지금 농담할 땐가?"

불그레하게 얼굴이 달아오른 여자가 혼자 중얼거렸다.

3

'검거(檢擧); 수인(囚人)의 얼굴들 1870-1930'

맙소사! 전시실에 들어서면서 여자가 불평을 터뜨렸다. 남
자가 여자를 쳐다보았다. 이벤트의 전단에 속았다고 여자는
계속 투덜거린다. 생각이 짧았다고 자신을 탓하며 여자가 검
지를 세워 벽을 향해 찌르듯 하나 둘 셋 셈을 한다. 100명의
사진과 함께 거창한 이벤트를 상상하며 달려온 여자는 실망했
다. 이게 다란 말이지! 열 명의 수인 사진이 벽을 에둘러 걸려
있는 것을 확인한 여자는 구시렁거리며 고개를 돌려 남자를
찾았다. 그새 남자는 비디오 앞에 서 있었다. 여자는 한숨을
푹 쉬었다. 안내자도 없이 비디오는 저 혼자 무한 재생되고 있
었다. 수인들이 예배를 보았던 교회의 강대상 위로 조잡한 스
테인드글라스 그림자가 깊이 목을 조르고 있었다.

감옥을 찾아간 것은 여자에게 일어나지 않아도 될, 약간 충격적인 사건이었는지 모른다. 그때 그녀의 자궁 안에서 태아가 발길질을 했다. 잘못 선택한 일에 대해선 후회보다는 빨리 잊어버리는 것이 백배 나은 일이지……. 조잘거리는 여자의 표정은 여전히 후회스러워 보인다.

여자는 자신의 섣부른 결정을 계속 부끄러워했다. 그래서 돌아오는 길에서 그녀는 창문을 탁탁 두드리며 중얼거렸다. 날씨 탓이야. 날씨 탓! 남자는 대답하지 않았다. 오후 두 시, 차창에 달라붙는 눈부신 볕에 그녀의 왼쪽 어깨가 따끔거렸다. 남자는 가라앉은 시선으로 길을 응시하며 자동차를 몰았다. 집에 도착한 그녀는 사이트에서 검거 수인의 얼굴들, 자료를 출력했다. 페이지는 정확하게 130페이지였다. 여자는 의자를 끌어당겨 배를 쑥 내밀고 앉아 읽기 시작했다.

"식민지 정착기 뉴사우스웰스에서 일어났던 강도사건은 해마다 영국의 온갖 절도사건보다 훨씬 많았구나."

그녀는 혼자 소리 내어 말했다. 프로젝트는 1870년부터 1930년까지 60년 동안 뉴사우스웰스에서 검거한 4만 6,000명 중에서 100명의 죄수를 발췌하여 집중 조사한 내용이었다. 자료는 낡고 흐릿한 사진 한 장으로부터 출발했다. 하지만 기록은 한 인간의 발자취를 끈질기게 추적한 흔적이 역력했다. 수인 한 사람 한 사람의 전기라고 해도 과언이 아니었다. 20명의 연구원들은 한 조각의 자료라도 더 찾아내기 위해서 무진장 애를 썼다는 것을 알 수 있었다.

대양의 한복판에서 살인을 저질렀다든가, 목장의 말을 훔친 다든가, 우체국 직원이 위조지폐를 통용하는 일 외에도 환자를 독극물로 살해하는 간호사, 지독한 소매치기 등 100명의 범죄자 유형은 각양각색이었다. 대부분이 상습범인 그들은 정신적으로나 육체적으로 나약했고, 지적 장애자이거나, 술이나 마약에 깊이 중독되어 감정조절 능력을 상실한 경우가 많았다.

자료를 읽던 여자의 눈이 모래를 게워내는 조개처럼 차츰 벌어진다. 열한 살 소년, 그도 상습범이었다. 아무래도 그녀가 아는 인물임에 틀림이 없는 것 같다. 그녀는 급히 형광펜을 집어 든다. 아아 하, 여자는 혼자 중얼거리며 줄을 그어나간다.

고백하건대 여자는 소년이 구금되었던 감방에 들어간 적이 있었다. 메이틀랜드 유령을 찾아서 갔을 때 207호실 감방에 들어갔던 기억이 떠올랐다. 미리 알았더라면 유령들을 만났을 때 저승에 있을 제임스 홀, 그의 안부라도 물어보았을 텐데. 안타까웠다. 하지만 그 감방의 기억은 아직도 섬뜩하게 남아 여자를 전율케 했다. 그리고 그날 집으로 돌아가 「유령을 찾아서」란 글을 썼다. "세상의 자락도 미처 만져보지 못한 풋내기, 열한 살의 미성년자가 투옥되었던 독방에도 높은 구멍으로 별빛은 찾아들었을 것이다"라고 문장을 풀었던가? 그녀는 기억을 더듬었다.

여자는 다시 자료로 눈길을 돌린다. 형광볼펜으로 반딧불 같은 줄을 그으며 제임스 홀의 기록을 계속 읽는다. 그녀는 따분한 분노도 애잔한 슬픔도 없이 냉철하게 그의 스토리를 읽으려고 노력하고 있다.

제임스 홀은 열한 살 때 그의 형 존 에드워드와 말을 훔친 죄로 처음 감옥에 투옥되었다. 그 무렵, 그의 아버지와 어머니, 형들, 삼촌까지 감옥을 화장실처럼 드나들던 시기였다. 형광 줄을 긋던 여자가 갑자기 박장대소를 하고 웃었다. 대각선 방향의 책상에 앉아서 게임을 하던 남자가 짜증스런 표정으로 여자를 쳐다보았다. 그의 삼촌 이름을 알게 되는 순간 그녀는 흐드러지게 웃지 않고는 배길 재간이 없었다. 참다못한 남자가 게임기를 거두어 들고 인상을 구기며 방을 나갔다. 벤 홀, 그 유명한 갱이 열한 살 소년의 삼촌이었단 말이지!

"이건 명백한 환경장애야."

여자가 혼자 소리쳤다. 벤 홀의 이야기라면 여자는 20년 전 영어교실부터 떠올려야 한다. 그때 호주 생활이 막 시작되던 때였다. 그리고 약 6개월 전 작위적인 소설의 우연처럼 '이벤트'란 극장에서 벤 홀의 스토리를 갖고 만든 영화 〈The Legend of Ben Hall〉을 관람했다. 영화는 꽤 재미있었다.

여자는 읽던 자료에서 눈을 떼고 잠시 고개를 들고 창밖의 소호를 바라본다. 새끼 물오리들이 장난감처럼 엄마를 졸졸 따라다니는 모습이 기특하고 귀엽다. 수면에 시선을 고정하자 영화가 어렵지 않게 기억 위로 떠올랐다. 수많은 총성을 울리던 다이내믹한 배경과 요란한 음악, 배우 잭 매튜와 조안나 도빈의 연기에 여자 자신도 모르게 끌려들었다. 고전적인 영상들은 호주의 광대한 자연과 맞물려 정신없이 돌아갔다. 그가 아내와 진하게 나누던 전율할 것 같았던 섹스 신⋯⋯. 그러나 결국 그의 자제력을 잃게 된 동기는 그의 섹시한 아내 때문이었다. 아내가 남편을 배신했다. 영화에선 그랬다.

만약에 제임스 홀이, 벤 홀의 조카가 아니었다면? 여자는 한참을 곱씹어 생각하고 있다. 자신도 모르게 형광펜을 잘근잘근 씹는다. 열한 살 소년의 인생은 백 프로 달라질 수 있었을 것이다. 삼촌 벤 홀이 검거되어 교수형을 당한 후 그의 인생도 달라진 게 분명했다. 그가 58세의 나이로 운명을 끝낼 때 탬워스의 넓은 목장을 자신보다 먼저 떠난 불쌍한 형의 자녀들에게 나누어 주라는 유언을 남긴 것으로 미루어. 연구원들이 한 죄수의 운명이 끝나는 곳까지 추적한 끈질긴 점이 놀라웠다. 여자는 힘없이 손에서 자료를 놓았다. 허탈했다.

　다양한 민족에 다양한 범죄자들, 100명의 검거 스토리는 호기심을 자극하기에 충분하고도 남았다. 호주는 식민지 초창기부터 다민족으로 출발한 사실을 뒤늦게 알게 된 여자는 고개를 갸웃거린다. 더 읽고 싶었지만 그녀는 마음을 접는다. 너무 오래 앉아서 독서를 하면 태아에게 좋지 않을 것 같았다. 그녀는 의자를 끌어다 앉아서 눈을 감고 잠이 들었다.

　한 나그네가 먼 사막을 걸어가고 있다. 그 나그네가 분명 여자 자신은 아니다. 남자인지 여자인지 아이인지 노인인지 분명하지 않은 나그네는 무거운 짐을 어깨에 메고 지친 발을 끌며 걸어간다. 멀리서 모래바람이 불어온다. 목이 마른 나그네는 입 안의 모래를 뱉으며 바스러질 듯 마른 입술을 핥는다. 한 발씩 한 발씩 떼며 움직이는 나그네의 혀는 논바닥처럼 갈라져 있다. 나그네는 모래를 덮어쓴 눈꺼풀을 간신히 뜨고 멀리 시선을 던지지만 오아시스는 어디에도 보이지 않고 보이는 것은 노란 사막뿐. 그러다 갑자기 나그네가 거대한 모래폭풍에 묻혀 버린다.

　여자는 소리를 치며 잠에서 깨어나 불룩한 배를 쓰다듬는다. 나그네가 마치 자신의 뱃속의 아기인 것처럼 생각되었다. 그때 기다리고 있었다는 듯이 갑작스럽게 여자의 배가 뒤틀리기 시작했다. 달링! 달링! 애기가 나올 것 같아요. 남자를 다급하게 소리쳐 부른다. ✱

어제 오늘 내일

이브가 떠난 객차에서 나는 한 자도 읽을 수 없었다. 나는
그녀의 운명을 걱정하고 목마르게 기다릴 아담을 걱정하
며, 틀어져버린 그들의 해후가 안타까워 발을 동동 구르고
싶었다.

어제 오늘 내일

재형이 기차에 한 발을 올리고 있었다. 통화를 하면서 그의 뒤를 따라 기차에 올라탔다. 기차와 플랫폼 사이의 틈은 지하 감옥처럼 깊고 캄캄해보였다. 하지만 전화를 끊고 등을 돌렸을 때 재형이 저만치에서 소리치며 팔을 휘저으며 기차를 향해 뛰어오고 있었다. 나는 그를 향해 발을 구르거나 소리를 지르거나 손을 휘젓지 않았다.

재형의 바지를 힘껏 잡아 당겼다. 출입문에 낀 바지가 빠지면서 그와 나는 함께 나뒹굴었다. 바지는 실밥이 터지고 자락이 약간 찢어졌다. 둘은 객차의 빈자리를 찾아 앉으며 숨을 헐떡였다. 그때서야 뒷모습만 보고 재형으로 오인한 남자의 행방이 궁금했다. 자라목을 빼고 객차 안을 훑어보지만 카키색 바지와 버간디톤 티셔츠, 그리고 갈색 머리카락까지 재형과 같았던 남자는 보이지 않는다.

재형은 찢어진 바지엔 아랑곳없이 끼어버린 코인에 대해서만 투덜거린다. 기차는 속력을 내기 시작했다. 그는 끼어버린 원 달러 코인 때문에 안타까워 죽겠다며 표정을 구기고 앉아 있다. 창가에 앉은 나는 재형의 표정이 지겨워 그의 어깨너머로 승객들의 눈치를 살핀다. 사실 재형이 일으킨 해프닝이 좀 창피했다. 하지만 그가 기차와 플랫폼 사이에 끼어버린 아찔한 상상이 떠올랐고, 그 생각 덕에 기분도 금방 돌아섰다.

"여행객이 어디 혼자 돌아다니고, 그래?"

"물 한 병 뽑으려고 했지. 벤딩머신에 낀 코인을 뺏어야 하는 건데……. 돈이잖아."

나는 부스럭거리며 백팩을 뒤져서 물을 건네주었다. 대화가 가능한 객차냐고 재형이 물을 넘기며 물었다. 사레가 들려버린 그의 입에서 분무된 물이 두 사람의 맨팔에 쏟아졌다. 나는 갑자기 불쾌해진 표정을 감추려고 구체관절인형처럼 목을 뒤로 돌렸다. 객차엔 스마트폰에 머리를 숙인 사람들뿐이다. 형광등의 반향을 받으며 앉아 있는 그들은 마치 항성계의 성간과 성간을 이동하기 위한 암호를 풀고 있는 미래의 지구인들처럼 보인다. 길게 뽑았던 목을 제자리로 돌릴 때 재형의 눈과 내 눈이 마주쳤다.

"러브레터……. 감옥의 사랑이라! 자극적이지 않아?"

그가 갑자기 들뜬 목소리로 물었다.

"감옥에서 사랑하면 안 될 이유가 뭔데?"

나는 무심하게 대답하며 티셔츠를 당겨 팔의 물기를 닦았다.

"러브레터가 얼마나 오랫동안 감옥의 채플룸 서까래 밑에 끼어 있었을까?"

그가 잡지사 기자답게 재빠르게 질문을 돌렸다.

"나도 몰라, 최근에 내부공사를 하면서 발견됐다니까."

나는 짜증을 부렸다. 감옥의 러브레터가 나뿐만 아니라 재형에게도 자극적이었단 점이 어쩐지 실망스러웠다. 나는 내 책장서랍 깊숙이 보관되어 있는 그로부터 받은 연애편지 뭉치를 떠올렸다.

'사랑스러운 악마'

첫 편지의 제목을 기억하자 피, 하고 웃음이 터진다. 고작해야 도서대출 카드 양면에 개미 같은 글씨로 빽빽하게 적은 쪽지에 불과한 것이긴 했지만. 일반적으로 설명하자면, 그렇게나 사랑스럽던 악마는 보편적인 악마로 진화되고, 종국엔 발톱을 세운 악마로 변해버리고 말 테지만. 나는 뻐근해 오는 고개를 한껏 뒤로 뽑았다.

긴 하루였다. 일곱 개의 터널을 통과하면 집에 도착할 것이다. 오늘 새벽, 집에서 나올 땐 창백한 하현달이 새벽하늘에 떠 있었다. 집으로 돌아가기 위해 앉아 있는 지금의 객차도 사람들로 꽉 차 있긴 하지만 오늘 새벽에 탔던 기차에 비할 바는 아니다. 기차가 첫 번째 터널 속으로 몸을 밀어 넣는다. 형광등이 짙은 노란빛에서 희미한 노랑으로 변하며 전율한다. 나는 엉덩이를 다림질하듯 앞으로 쭉 뺐다. 재형은 스마트폰에 연결된 블루투스 무선 키보드를 두드려 '감옥의 예술'을 지우고 '감옥의 사랑'으로 글 제목을 고쳤다.

피곤하다. 그도 에너지가 소진되어 버렸는지 게슴츠레 눈이 감긴 상태다. 기차가 터널을 빠져나오자 차창을 뚫고 들어온 한여름 석양빛이 그의 고어텍스 옷 위에 떨어진다. 깡마른 몸매, 큰 키, 나오지 않은 배, 각진 턱은 예전 그대로다. 그는 옛날에도 옷을 잘 입었다. 그는 한때 그 나름의 고상한 방식으로 멋있어 보였다. 지금, 키보드 위에 놓인 그의 두 손은 조금 늙어 있다.

잠시 후, 코를 골며 입까지 벌리고 잠이 든 재형을 멀뚱히 쳐다본다. 내 발등을 덮고 있는 그의 찢어진 바지자락으로부터 나는 발을 당긴다. 그리고 창밖으로 눈길을 돌렸다. 눈에 익은 창밖의 꽃나무들. 오던 길에 보았던 꽃은 가는 길에서 보아도 그대로 보라와 분홍 그리고 흰 꽃잎을 한 나무에 달고 있다. 뉴캐슬과 시드니 간 철로 주변에 무성지게 피어 있는 꽃들. 기차가 터널 속으로 들어가면 얼굴을 숨겼다가 기차가 터널에서 빠져나오면 어김없이 얼굴을 내밀고 내 시선을 잡아당기던 꽃잎들. 스마트폰으로 검색해본 이름이 '어제 오늘 내일'이라고 했던가. 꽃잎은 짙은 보라색에서 옅은 보라색으로 그리고 마지막엔 하얗게 탈색한 후 낙하한다. 마치 사랑의 여정처럼이나 그 흐름이 한 나무에서 적나라한 꽃. 처음 피어난 짙은 보라색 꽃잎에서 에로틱한 향내가 물씬 날 것도 같다. 하지만 꽃은 점점 탈색되어 향기도 색도 잃고 결국 낙하하고 만다는 사실.

나는 피식 웃는다. 17년 만에 만난 재형의 느낌을 표현할 길이 막막하다. 과거와 현재를 한데 묶어서 그의 이미지를 그려내려고 노력해 보지만 그 어떤 이미지도 떠오르지 않는다. 17년이란 시간의 소용돌이 속에서 그에게도 크고 작은 사건들이 일어났겠지만, 그것들은 내 인생의 시간 안으로 들어오지 못하기 때문일 것이다. 무엇보다 그와 나누었던 에로틱했던 시간의 기억은 표백한 면 팬티처럼 탈색되어 버렸다. 손을

어제 오늘 내일

잡으며 시작한 사랑이 키스로 진화하고 그리고 수없이 주고받은 몸의 기억은 모두 어디로 사라졌단 말인가. 자메뷰(jamais vu) 현상으로라도 남아 있어야 할 기억들은 문득 그의 면전에서 까마득하게 사라져버렸다. 한때 들끓어 올랐던 에로틱한 순간들이 생리작용에 불과한 것이라고 쳐도 기억에는 남아 있어야 할 일이었다. 과거의 기억이란……, 허망했다.

그러함에도 가끔 하릴없는 마음에 내가 벗어놓은 신발 두 짝을 오래오래 바라보며 문득문득 재형의 생각을 했던 내 모습은 기억할 수 있다. 무지개를 올려다보며 문득문득 그를 생각하며 하염없이 앉아 있었던 바닷가의 내 모습은 편지처럼 기억할 수 있다.

나는 엷게 미소를 지었다. 육감은 탈색된 속옷 같아졌지만 그의 편지는 어제 읽은 문장처럼 기억할 수 있었다. 기회가 오면 재형이 내 편지를 보관하고 있는지 물어볼까, 아직도 내 편지를? 부질없는 희망의 문장을 떠올리다 피하고 웃고 말았다.

기차가 두 번째 터널로 들어간다. 다섯 손가락 숫자만큼 통과해야 할 터널이 아직 남아 있다. 광선이 미세하게 흔들린다. 자막이 켜져 있는 재형의 스마트폰에서 감옥의 사랑이란 글자를 보자 오늘 새벽에 목격한 사건이 날아간 앱을 복구한 것처럼 떠올랐다. 시드니로 향하던 기차에서 보았던, 지금은 이미 과거가 되고 만 사건.

시드니로 향하던 객차에서 그 여자를 목격하게 된 사건은 정말 흔하디흔한 우연의 일치였을까. 재형과 나는 오늘 새벽 간신히 '조용한 객차(Quiet Carriage)'의 일층에 올라탈 수 있었다. 기차와 플랫폼 사이는 악어의 입처럼 벌어져 있었고, 아찔했다. 약간만 몸의 균형을 잃어도 그 속에 빨려들어 갈 것 같았다.

전날 밤, 그를 끌고 간 동네 펍에서 저녁으로 마늘새우요리에 곁들어 술을 한 잔 했고, 앞뒤가 맞지도 않는 이야기를 주거니 받거니 하느라 시간만 길게 늘어났다. 음식은 달달했지만 어설픈 분위기 탓이었는지, 제대로 맛을 느끼지 못했다. 잠깐잠깐 말이 끊어지면, 그 사이사이에 좋아하지도 않는 술을 넘겼다. 버성긴 마음에 대화가 한 번 끊어지면 좀체 연결되지 못했다. 그때마다 다시 각자의 술잔만 기울였다. 떨어져 살아온 세월에 대해 물어보고 싶은 마음을 억눌러야 할 땐 목구멍으로 술이 넘어가는 소리가 유난히 요란했다.

포트엔코크의 마지막 한 모금 남은 술을 털어넣으며 달링허스트 젤(Darlinghuster Gaol)의 자료를 한 줄도 읽지 못한 것이 생각났다. 기초적인 정보를 읽지 않고 현장답사를 가게 되면 공연히 불안했다. 그것은 성격이기 전에 남의 나라 말로 공부

하고 다른 문화 속에서 생존하느라 생긴 발꿈치의 굳은살 같은, 무엇보다 오랫동안 혼자 살아온 여자에게 달라붙은—무슨 일에든 고아처럼 불안하고 죄지은 사람처럼 두려워하며 사는— 기이한 의식이었다.

생각이 다시 아침의 기억으로 돌아갔다. 기차에 올라타면서 통화 중인 여자를 뚫어지게 쳐다볼 수밖에 없었다. 다른 승객들도 마찬가지였다. 재형과 나는 간신히 빈자리를 하나씩 찾아 서너 자리 떨어져 앉게 되었다. 조용한 객차에서 정보를 읽으려고 했던 기대가 순식간에 무너진 내 불쾌한 감정이 단번에 여자를 향해 날아갔다. 여자의 목소리는 허스키에 끈적끈적하기까지 했다.

'Quiet Carriage'란 이탤릭체 글씨가 무수한 발이 달린 지네처럼 아슬아슬하게 그녀의 머리 위에 달라붙어 있었고, 여자가 앉아 있는 구도는 영락없이 배우가 무대를 향하고 있는 형국이었다. 텅 빈 극장의 실내에서 혼자 리허설을 하고 있는 여배우처럼 그 무엇도 의식하지 않은 채 통화에만 열중하는 그녀를 승객 중 누구도 제지하지 않았다. 여자를 향해 힐끔거리는 눈들을 나는 훔쳐보았다.

목을 길게 뒤로 빼서 자료를 읽고 있는 재형을 간간히 응시했다. 이어폰을 끼고 백인 속에 앉아 있는 그의 모습이 몹시

초라해보였다. 재형을 쳐다보느라 허리를 너무 길게 뺐다. 옆자리에 앉아 있던 비대한 남자의 손이 꿈틀하며 내 허리에 닿았다. 몸을 움츠리며 진저리를 쳤고 그 순간 경락이 축축한 혐오감을 불러일으켰다. 반사적으로 자리를 옮겨보려고 벌떡 일어섰다가 다시 주저앉았다. 여자와 여자를 마주보고 앉은 금발의 꼬랑지머리, 빈자리는 거기뿐이었다. 나는 별생각 없이 꼬랑지를 여자의 일행으로 간주해버린 상태였다.

겨우 한 자리 떨어진 거리에서 지껄이는 여자의 통화 내용은 아무리 듣지 않으려고 귀를 막아도 자세하게 들렸다. 여자의 발음은 분명했다. 과감하게 볼 터치한 여자의 붉은 볼을 힐끔거리며 백팩을 벌리고 달링허스트 감옥에 대한 자료를 꺼냈다. 스테이플러가 안 된 자료는 마구잡이로 뒤섞여 있었다. 차례를 무시하고 한 장을 뽑아들고 읽기 시작했다.

'달링허스터 감옥의 채플 룸, ……하층 바닥에선 남자죄수들이, 하현달 꼴의 편편하게 생긴 상층 갤러리에선 여자 죄수들이 예배를 보았다. 남자죄수와 여자죄수들은 서로 소통이 금지되어 있었고 간수들이 엄하게 보초를 섰다. 미지의 남자 죄수가 던진 봉인된 러브레터는 오랜 세월 쐐기꼴로 서까래 사이에서 끼……'

여자의 목소리는 내가 읽고 있는 자료의 마디마디를 분절시

컸다. 그녀의 통화는 좀체 끝날 것 같지 않았다. 백팩을 뒤적거려 이어폰을 찾았지만 없었다. 나는 한 손으로 왼쪽 귀를 막고 자료를 읽었다. 여자의 소리는 고막 안으로 울림을 만들어 뇌를 자극하며 깔짝거렸다. 나는 소리기피증 환자처럼 신경이 점점 날카로워졌다.

"달링, 내가 얼마나 자기를 사랑하는지 알잖아. 나는 지금 자기를 만나러 가고 있다고. 믿을 수 있지? 지금은 기차 안……."

'오스트레일리아의 시인 헨리 로우슨은 세 번에 걸쳐 달링허스트 감옥에 투옥되었다. 그가 투옥되는 바람에 감옥 안에서 동요가 일어났다. 그는 수용자들에게 빈약한 음식을 공급하는 것을 두고 달링허스트 감옥을 허기진 허스트 감옥이라고 묘사했다.'

"달링, 자기를 만나러 가잖아. 기차가 블라디(bloody) 느리긴 해. 조금만 기다려 달링, 무슨 일이 있어도 3시간 전에는 내 얼굴이 보일 거야. 이상한 꿈? 다시 말해봐! 죽음? 무슨 소리야, 내 인생에 결코 그런 일은 일어나지 않을 테……."

그때였다. 왜소하게 생긴 남자승객이 여자가 앉아 있는 출입구 쪽 계단 아래의 객석을 향해 걸어가고 있었다. 그는 키까지 작았다.

"조용히 해! 여기가 조용한 칸인 것 몰라?"

승객이 말했다. 꼬랑지와 여자가 동시에 벌떡 일어났다. 여자는 잠시 통화를 멈추었고 꼬랑지는 돌아섰다. 뒷모습만 보고 여자라고 믿었던 꼬랑지는 키 큰 남자였다. 여태껏 믿었던 생각이 틀어지자 컥 하고 웃음이 터졌다. 꼬랑지의 어깨쯤에서 승객이 얼굴을 바짝 지켜들고 꼬랑지를 향해 대거리를 했다.

"꺼져, 네가 뭘 안다고 나서는 거야? 그래, 뭘 안다고."

꼬랑지가 여자를 가로막고 나서서 승객을 향해 소리쳤다.

"뭐라고? 이곳은 조용히 해야 하는 거야, 조용히."

승객이 대거리를 했다.

"퍽큐! 꺼지지 못해?"

이번엔 여자가 꼬랑지를 제지하며 장지 세우고 핏대를 올렸다.

"뭐, 뭐, 뭐……."

승객의 얼굴이 벌겋게 달아올랐다.

그럼 저 꼬랑지 남자는 누구며 또 여자랑은 무슨 관계인가? 그들의 다툼이 꽤 소란스러웠음에도 대부분의 승객들은 꼼짝 않고 스마트폰에 머리를 숙이고 있었다. 몇몇 승객만이 고개를 들고 그들이 다투는 광경을 힐끔거릴 뿐, 누구도 일어나 역

어제 오늘 내일

성들지 않는 것이 더 신기했다. 여자와 꼬랑지 그리고 승객, 2:1의 싸움판에서 세가 꺾인 승객이 제자리로 돌아가면서 소란은 막을 내렸다. 나는 승객이 재형의 옆에 가서 앉을 때까지 그가 제형의 옆자리에 앉았던 것을 모르고 있었다. 왜소한 승객을 따라가던 내 동공이 재형의 동공과 마주쳤다.

전화 속의 남자를 사랑하고 있구나. 그것도 엄청나게. 여자를 상상하자 돌연 짜증스러웠던 마음이 달아나고 소란스러움까지도 견딜 것 같았다. 여자의 통화 내용으로 짐작컨대, 이브는 아담을 미치도록 사랑하고 있었다. 끓어오르는 그녀의 사랑이 내 눈에 보일 것만 같았다. 그리움이 여자에게서 넘쳐나고 있는 것을 짐작하는 일은 어렵지 않았다. 나는 신비한 미소를 흘렸다. 복제될 수 없는 유일한 어떤 개체를 저 여자는 사랑하고 있구나, 인간을.

왜소한 승객이 자리로 돌아간 후에도 여자는 아무 일도 없었던 것처럼 통화를 계속했다. 통화버튼이 실행되어 있었던 그녀의 전화기를 통해 사납고 상스럽게 다투는 내용까지도 아담은 모두 들었으리라. 하지만 사랑에 빠진다는 폭발적인 환상엔 두 사람 사이에 존재하는 어떤 장벽도 무화시켜버릴 악마적 힘이 존재한다는 것쯤은 나도 알고 있었다. 갑자기 기적처럼 일어난 두 사람 사이의 감정.

한때 나의 에로틱했던 사랑의 기억을 되돌려 보려 애써보았지만 기억은 암실처럼 깜깜했다. 재형이 호주에 도착하던 날, 첫 마디에 호주의 의적 네드 켈리를 조사하러 멜버른의 옛날 감옥을 가보고 싶다고 했다. 나는 아니라고 대답할 말을 쉽게 찾지 못했다. 뉴캐슬 공항 내의 커피숍에 앉아서 핸드백을 만지작거리며 뜸을 들였다.

　　"시드니의 달링허스트 감옥이 더 나을 것 같은데……."

　　그가 뽑아든 네드 켈리의 카드 위에 나는 헨리 로우슨이란 호주 국민시인의 카드를 꺼내 가로막았다.

　　"감옥의 아트, 감옥의 아트란 제목으로 써도 좋지!"

　　짧은 기간이었지만 그가 학보사 편집장으로 있던 시절 시를 써서 학보에 발표했던 일을 어렵사리 떠올렸다.

　　내가 굳이 그가 가고 싶다는 빅토리아주의 옛날 멜버른 감옥을 만류하고 기차로 약 두 시간 거리의 시드니 소재 달링허스트 옛날 감옥을 고집했던 이유라면, 이번 만남을 짧게 끝내자, 나란히 비행기에 탑승하는 일도 호텔에 묵는 일도 피하자, 란 의지였다. 그가 호주에 온다고 연락을 했을 때 별반 달갑지 않았다. '피할 수 없으면 즐기라'란 말조차도 나를 설득하지 못했다. 옛날 박물관을 돌아보는 것 같은 동요 없는 감정이 부담스럽기만 했다.

하지만 막상 그와 대면을 했을 때 내가 지나치게 민감했음을 알았다. 그때부터 시도 때도 없이 다양한 방식의 웃음이 터지는 것이다. 하긴, 누가 끝나버린 과거의 남자와 긴 시간을 함께하고 싶겠는가. 육감이, 아니 끌림이 사라져버린 남자와 함께하는 시간을 견디는 것은 일종의 형벌 노역 같은 것이 아닐까.

잠들어 있는 재형의 옷을 한번 훑어본다. 아내가 있는 남자의 옷은 어딘지 모르게 섬유의 결이 안정되어 보였다. 선입견일지도 몰랐다. 나는 고개를 뒤로 밀어서 사라져가는 창밖의 풍경을 바라본다. 지천으로 뻗은 유칼립투스 앞에 낮은 키의 어제 오늘 내일이란 이름을 가진 꽃들. 사람들은 꽃 이름 하나도 이유를 만들어서 명명해야 하는 구차한 존재가 아닌가. 나는 부르르 진저리를 친다. 짙은 보라색의 꽃잎은 하룻밤 새 옅어지고 그리고 다시 하룻밤 새 하얗게 탈색하여 낙하한다. 사랑의 허무함을 말하려고 몸부림치는 꽃의 의지가 애처로워 보였다. 기차가 세 번째 터널 속으로 들어가고 있다. 손가락 하나를 접었다.

살면서 겪게 되는 우연한 사건이란 아침에 본 그 여자의 경우를 두고 하는 말일 터이다. 어스름이 벗겨진 차창 밖의 세계가 선명하게 모습을 드러냈을 때쯤이었다. 갑자기 객차 실내

어제 오늘 내일

의 공기가 뚝 정지했다. 소리 입자의 미세한 변화를 감지한 내 고막이 적막해진 신호를 뇌에 전달해주었다. 끈질기게 이어지던 여자의 통화음이 더 들리지 않았다. 정말 통화가 끝난 것인가, 믿어지지 않았다. 왜소한 승객이 제자리로 돌아가고 나서도 길게만 끌던 통화를 끝내고 여자는 전화기를 백에 넣고 화장을 시작했다.

플립백에서 꺼낸 화장품을 의자 위에 가지런히 줄지어 늘어놓고 콤팩트를 들고 진지한 표정으로 화장하는 여자를 나는 힐끔거렸다. 그때 왜 자꾸만 내 자신이 부끄러워하고 있었는지는 지금도 알 수 없다. 내가 어딘가로 숨고 싶었던 심정도 아직까지 이해할 수 없다. 물론 내가 살아가면서 그런 감정에 빠져들었던 일은 그 여자의 일 외에도 한두 번이 아니었을 테지만.

여자의 얼굴은 이미 화장이 잘 되어 있었다. 남자들의 눈에도 여자가 아름답게 보일까, 나는 자신이 없었다. 허나, 얼핏 보았을 때 여자의 긴 머리와 짧은 치마 그리고 짙은 화장은 30대로 보일 가능성이 유효했다. 하지만 나는 여자를 40대라고 내기를 걸었다. 아무리 잘 가꾸어진 여자도 피부의 탄력은 거짓말을 할 줄 모른다는 것이 내 나름의 해석이었다. 여자는 검고 긴 머리를 수십 번 빗질했다. 콤팩트를 높이 들고서 분을 바르고, 볼 터치를 하고, 마스카라를 덧바르고, 섬세하게 붓을 돌려서 립스틱을 덧발랐다. 매니큐어가 발린 보라색 손톱이 가늘게 떨리는 것까지 나는 유심히 여자를 관찰했다.

여자를 보던 시선을 거두어 잠깐잠깐 재형을 돌아보았다. 시선을 창밖으로 던졌을 때 갑자기 터져 나온 해의 빛줄기가 눈을 찔렀다. 꼬랑지가 벌떡 일어섰다. 밖에서 들이친 갑작스러운 빛이 그에게도 확 쏠렸다. 나는 무엇 때문이었는지 잠시 그의 존재를 잊고 있었고 더군다나 빛 때문에 그가 조금 전에 보았던 그와 전혀 다른 사람으로 내 눈에 비쳤다. 그는 노랑머리에 파란색 동공의 잘생긴 사내였다. 그 꼬랑지가 소리를 버럭 질렀다. 화장을 하던 여자가 콤팩트를 든 채 대거리를 했지만 여자의 목소리는 착 가라앉아 있었다. 지독한 슬랭을 구사하는 꼬랑지의 발음을 알아들을 수 없어서 나는 그의 얼굴 표정으로 뜻을 짐작하려 애를 썼다.

그럼 도대체 저 남자는 여자의 무엇이며 누구인가? 재형과 나처럼 헤어진 옛 동거인? 몇 년을 부부처럼 함께 살다 딱히 이유도 모른 채 결별한 그런 사이? 꼬랑지와 여자는 정말 어떤 관계인가? 나는 궁금해서 벌떡 일어나 물어보고 싶은 심정을 억눌러야 했다.

꼬랑지가 팩, 하고 소리를 치며 출구를 향해 잰걸음으로 걸어 나갔다. 얼핏 떠난다는 말을 한 것 같기도 했다. 그가 다음 역에서 하차할 것이라고 여겼다. 꼬랑지가 드디어 여자를 홀로 남기고 떠나는구나. 기차는 정차하려고 속도를 줄였다. 육감이 사라진 남녀 사이가 아니고서야 여자가 꼬랑지 앞에서 그다지도 뻔뻔하게 다른 남자와 통화를 하고 화장을 고치지는 않을 것이다. 그 순간 나는 쉰둘이 된 내 나이를 생각했다. 무슨 뜻으로 그 순간에 내 나이를 생각한 것일까. 꼬랑지가 사라지고도 여자는 계속 화장에 공을 쏟았다.

코를 골던 재형이 몸을 스트레칭하며 깨어난다. 그의 팔이 내 팔에 닿는다. 그의 어깨가 내 어깨에 닿을 듯 가깝다. 나는 내 어깨를 내 쪽으로 당긴다. 기차가 네 번째 터널을 통과하고 있다. 나는 무슨 암시처럼 세 개의 손가락을 꼼지락거렸다. 불빛이 미세하게 흔들린다. 창문에 비친 재형의 얼굴은 난생 처음 보는 사람처럼 생경하다. 형광등이 짙은 노란빛에서 희미한 노랑으로 변하며 전율한다. 그가 블루투스 무선 키보드에 손가락을 올리며 질문한다.

"감옥의 러브레터 말이야, 아니 그보다 먼저 알렉산더 그린이란 사형집행인부터 확인해야겠는데, 칼이라고 했어 도끼라고 했어? 입도 안 벌리고 발음하는 호주 영어라서……."

그가 머리를 긁적이며 물었다.

"완전 알코올중독자였대. 감옥의 담벼락에 접목한 코티지에서 살았는데, 술에 푹 잠겨서 사는 사내였다잖아. 수천 명의 관중이 교수형 장면을 지켜보고 있는데, 목사나 신부가 사형수에게 마지막 안수를 끝내기도 전에 밧줄을 내려버리곤 했다지. 밧줄을 가늠한 정신도 못 됐나봐. 밧줄이 너무 짧거나 길면 그가 술에 취한 채 비칠거리며 달려 내려가 칼로 사형수의 목을 단칼에 잘랐다고 해. 무처럼."

내 목을 내가 자르는 액션으로 설명해주었다. 나는 알렉산더란 사내가 마치 셰익스피어 희극의 한 장면에 나오는 인물 같은 상상이 들었다.

"사형집행인의 부주의로 교수대에서 죽지 않고 살아나는 행운을 얻었다면 사형수를 살려줘야 하는 것 아냐?"

"그런 건 나도 몰라. 해부용으로 팔려가다 살아난 사형수나, 무덤에서 살아난 사형수 이야기는 더러 들었지만 사형집행인 부주의로 살아난 사형수에 대해선 나도 생소한 일이네 뭐."

나는 내가 아는 만큼 설명해주려고 애를 썼다.

"그럼 호주문학의 아버지란 작자는 왜 그렇게 자주 감옥에 들어간 거야? 시인이자 소설가라며?"

그가 이해 못하겠다는 듯 머리를 갸웃거렸다.

"그야 그의 부인이 감옥에 끌어다 넣은 것이지. 그가 술을 너무 많이 마셔서……. 술에 미친 시인과 사형집행인이라……. 뭔가 상통하는 게 있는 것 같지 않아? 그렇지? 크윽, 크윽, 큭……."

나는 한 번 웃겨보겠다고 기껏 농담을 뱉었지만, 그것도 농담이냐는 식으로 그는 웃지 않았다.

"러브레터 말인데, 편지의 내용을 자세하게 읽어볼 방법이 없을까?"

그가 말을 마치고 가늘게 한숨을 지었다.

"오리지널 러브레터를 보관하고 있는, 지금은 아트스쿨이 된 그곳 감옥의 도서관에 들렀다 와야 했는데! 하긴, 오늘은 개관을 안 하는 토요일이잖아."

나는 심드렁하게 대답했다.

재형은 열심히 키보드를 두드린다. 기차가 일곱 개의 터널을 관통하기 전에 그러니까 나와 헤어지기 전에 기사를 끝낼 기세다. 나는 창밖으로 얼굴을 돌리며 생각한다. 그 여자는 죽었을까, 살았을까. 재형의 전화기 액정에 러브레터라고 적힌 단어를 쳐다보는데 아침의 일이 떠오르고 다시금 여자의 운명이 궁금해졌다.

정확하게 3개월 전이었다. 재형이 지지직대는 국제통화에서 말했다.

"호주가 죄수 식민지잖아."

그의 목소리는 차분했다.

"각 나라의 특색을 잡지에 소개할 계획이라고."

나는 그때 왜 그의 말을 내 방식으로 알아들었을까. 내 귀에는 나 때문에 재형이 호주에 온다고 번역되어 들렸다. 그 생각을 하면 아직도 얼굴이 화끈거린다. 그나 나나 이제는 삶의 행로에서 넘어서지 못할 벽 정도는 충분히 이해할 나이가 되어 있었고, 무엇보다 기를 쓰고라도 현실을 납득하고 수용하는쪽에 의식의 무게가 쏠려 있었음에도. 기차가 몸을 흔들며 다섯 번째 터널 속으로 끌려 들어갔다. 일곱 개의 터널을 통과하면 오늘 아침의 기억도 끝나리라. 그 여자의 사건.

여자를 버리고 출구로 달아난 꼬랑지가 비칠거리는 것이 보였다. 햇빛이 날카롭게 내 눈을 찔렀다. 기차가 막 역에 정차했을 그때 불현듯 내 홍채에 사물과 사람들이 헛돌아 보이기시작했다. 꼬랑지가 객차와 플랫폼 틈에 빠져버렸다. 가시성의 거리에서 나는 그 광경을 보고 아 앗, 하고 입을 가리고 소리쳤다. 하지만 곧 승차하려고 몰려선 사람들이 그 사이를 가리고 막아버렸다. 꼬랑지가 휘청하다 기차와 플랫폼 사이에빠지는 것을 분명 본 것 같았다.

그 순간 문득 한 생각을 떠올렸다. 그가 마약을 했을지도.

호주에서라면 어렵지 않은 일일 테니까. 사람들이 꾸역꾸역 객차 안으로 밀고 들어왔고 기차가 출발을 하고서야 그가 객차에 빠지지 않았을지도, 하며 고개를 갸웃거렸다. 아니면 기적처럼 그가 감옥 같은 어두운 객차 틈에서 솟구쳐 올라왔을 수도. 사람이 빠졌다면 기차가 아무 일없이 달리지는 않을 것이었다. 내가 잘못 본 것이든, 혹은 꼬랑지가 스스로 솟구쳐 올라와서 어디론가 떠나갔던 차라리 잘된 일이란 생각이 들었다.

"연세 드신 환자라고요!"

누군지 모르지만 승객의 숲에서 여자의 외침이 들렸다. 복도와 출입문까지 꽉 막아선 승객들의 숲에서 들리는 외침이었다. 청신경을 곤두세우자, 무슨 끔찍한 사건이 일어날 것만 같은 조마조마한 마음이 들었다. 나는 심호흡을 했다. 날마다 세상 곳곳에서 일어나는 크고 작은 수많은 사건에 대한 일반적인 패닉 현상이겠지? 스스로를 달랬다.

"누구도 건드려선 안 돼! 감옥에 가는 길이야."

분명 꼬랑지였다. 도무지 믿어지지 않았다. 언제 들어왔는가? 그가 언제 어떻게 무엇 때문에 기차에 다시 올라왔단 말인가? 다시 여자를 수호하겠다고? 소리쳐 묻고 싶었다.

"누구와도 함께 앉을 수 없다고. 누나는……. 종신형의 애인을 만나러 감옥 가는 길이라고."

꼬랑지가 계속 외쳤다.

"그 알량한 몸이 소중하다면 출구의 대기 구역으로 혼자 나가서 무기수인지 뭔지를 맞으러 가면 되잖아!"

여자 승객도 만만치 않았다.

"벅큐, 몇 번을 말해야 알아듣겠어, 양보할 수 없다고 했잖아."

꼬랑지는 드세게 소리쳤다. 그때 승객들이 우우 일어섰다. 그들은 검지를 세워 흔들며 여자와 꼬랑지를 향해 벌 떼처럼 달려들었다. 덤빌 테면 덤비라는 식으로 앉아 있는 여자의 얼굴이 승객들의 다리 사이로 삐뚤삐뚤 보였다. 여자에게 그들의 존재는 그리 중요하게 보이는 것 같지 않았다. 어떤 특별한 것에 정신이 꽂혀버린, 다른 외부적인 일들은 상대적으로 그힘을 잃어버린, 여자는 꼼짝하지 않고 자리에 앉아서 거울만 들여다보고 있었다. 그때 왜 나는 달려가 그녀의 어깨를 따뜻하게 안아주고 싶어졌던 것일까. 인생이란 그렇고 그런 것이 아니겠느냐고 속삭여주고 싶었을까.

여자를 기차 밖으로 끌어내려야 한다고 누군가 날카롭게 말했다. 그렇게 해야 한다고 몇 사람이 맞장구를 쳤다. 집단세력의 공기가 이상기류에 휩쓸려들었다. 갑작스런 분위기에 나는 어질어질 현기증이 일었다. 그들은 정말 여자를 밖으로 끌어내릴까? 멀리 희미하게 역의 입간판이 눈에 들어왔다. 몇몇 승객은 가방을 들고 출구로 나가며 여자를 흘끔거렸다.

"경찰이다!"

여러 사람의 합창이 들렸다. 경찰이 올라오자 순식간에 객차의 분위기가 조용해졌다. 왜소한 남자가 사람들 사이를 헤집고 경찰을 향해 다가갔다. 그가 흥분을 가라앉히지 못하고 경찰을 향해서 떠들었다. 남자와 여자 경찰은 왜소한 승객의 말을 듣는 둥 마는 둥 여자와 꼬랑지와 정면으로 마주섰다. 여자와 꼬랑지는 자리에서 일어섰다. 둘을 앞세우고 출구로 걸어가는 경찰의 뒷모습을 승객들은 안도의 눈길로 지켜보았다. 경찰은 다음 역에서 꼬랑지와 여자를 하차시킬 모양이었다.

기차의 엔진 소리가 몸서리치는 금속성을 질렀다. 바퀴의 마찰음이 고막을 찢으며 급정거했다. 불시착이었다. 금속이 타는 냄새가 진동하고 연기가 솟구쳤다. 객차의 실내는 누워 있던 나무가 불시에 일어선 숲처럼 빽빽해졌다. 앉아 있는 내 몸에서 힘이 쭉 빠져나갔다. 기이한 직감이었다. 여자가 죽었을 거야. 승객들의 웅성거림 속에 앉아서 애를 태우며 숨을 죽였다. 나는 정신이 어찔어찔했다. 여자를 밖으로 끌어내리던 무리는 사람들 속에 뒤섞여버려 더 이상 눈에 띄지 않았다.

사람이 다쳤으니 가만히 제자리에 머물러 있으라는 경찰의 거친 경고가 승객들을 제압했다. 여자가 기차 사이에 끼었다고 누군가 소리쳤다. 꼬랑지가 플랫폼에서 뒹굴며 울부짖는 모습을 사람들은 안타깝게 쳐다볼 뿐 경찰의 제지로 누구도 기차에서 내릴 수 없었다. 멀리서 헬리콥터 소리가 들려왔다. 나는 숨을 죽이고 시간의 흐름을 가늠했다. 한참 동안 플랫폼엔 헬리콥터의 날개 회전하는 소리만 가득했다. 여자가 앰뷸런스 헬리콥터에 실려서 멀리 날아가는 것을 나는 손바닥으로 햇볕을 가리고 쳐다보았다. 웅성거리던 객차 안의 승객들은 바퀴벌레처럼 바싹 차창에 눈을 붙이고 그 순간을 지켜보았다. 기차의 엔진 소리는 한동안 헬리콥터 소리에 묻혔다.

기차는 시드니를 향해 속력을 내기 시작했다. 아무 일도 없었던 것처럼 표정을 감추고. 눈이 마주친 재형이 얼떨떨한 표정으로 웃지 않았다. 하긴 그는 원래 잘 웃지 않는 남자였다. 여자가 떠난 객차의 '조용한 칸'은 죽음처럼 고요했다.

나는 충격 받은 감각기관들을 추스르며 잠시 완벽한 침묵 속에 앉아 있었다. 갑자기 일어났던 사건이 믿어지지 않아 스스로 조용해지려고 입을 앙다물었다. 직접적인 관련이 있는 경로가 아니면 아무것도 알 길이 없는 사람들이 있는데 내겐 여자가 그랬다. 가만히 앉아 있었다면 나는 그녀가 누구인지 어디로 가는지 꼬랑지와 어떤 관계인지 알 길이 없었을 것이다. 하필이면 17년 만에 만난 과거의 남자와 감옥 답사를 가는 날, 종신형 선고를 받은 아담을 찾아가는 여자를 만나서 문득 내 현실의 감각이 깨어 일어나다니.

이브가 떠난 객차에서 나는 한 자도 읽을 수 없었다. 나는 그녀의 운명을 걱정하고 목마르게 기다릴 아담을 걱정하며, 틀어져버린 그들의 해후가 안타까워 발을 동동 구르고 싶었다.

시드니역에 하차한 후 나는 재형의 옷자락을 당기며 달링허스트 감옥 가이드 답사 시간에 늦게 생겼다고 투덜거렸다. 꽃들이 길가에 탐스럽게 피어 있었다.

"꽃이 정말 신기하네. 한 나무에 세 가지 다른 색의 꽃이 피다니. 이 향긋한 꽃 이름이 뭐지?"

재형이 꽃을 한 송이 따서 코에 들이대며 물었다.

"어제 오늘 내일이래."

오늘 아침의 기억도 이제 끝을 내야 한다. 고작해야 열 시간 전에 일어났던 여자의 이야기는 이미 내게 과거가 되었다. 죽었는지 살았는지 모를 감옥행 여자의 미래는 수수께끼로 남았다. 어제가 회상과 기억이라면 내일은 불확실한 미래이며, 내가 인식할 수 있는 것은 현재뿐이다. 왜 영어에서 선물과 현재를 'present'라고 쓰는지 알 것도 같다. 시간은 그냥 생각의 움직임에 불과할 뿐이다.

기차는 무사히 일곱 개의 터널을 모두 관통했다. 차창 밖은 앞이 잘 보이지 않을 정도로 캄캄해져 있다. 나는 백팩을 어깨에 걸치고 기차에서 내리려다 말고 "조심해, 발!" 재형을 향해 소리쳤다. ✳

바닷가의 묘지

제 남자의 손길이 제 몸에 닿는 순간 바다는 파장이 일고
교란이 일어나고 파동이 솟구칩니다. 에너지를 생성하는
바다는 한없이 울부짖습니다. 우렁찬 바다, 한껏 고조된 파
고는 몸부림칩니다. 이완과 수축의 헐떡임이, 근육이 활처
럼 휘어지다 펴지고 밀물과 썰물의 박동이 극한점에 닿는
찰나, 화살은 제 심장을 뚫고 들어왔습니다.

바닷가의 묘지

신은 왜 그곳에 부재했을까? 신화로 떠도는 그 섬에 가기로
했다. 사랑하는 쿵쿵이까지 버리고.

1

거친 해풍이 불어옵니다. 파인추리 가지는 고개를 젖혔다
펴고 다시 젖히며 몸부림칩니다. 전설로 남은 옛 감옥의 돌담
을 어루만진 바람이 제 모자를 날려버리는군요. 옛 감옥의 지
붕이 사라진 벽은 군데군데 허물어져 폐허가 되어 있습니다.
저는 허공으로 날아가는 모자를 쳐다보다 제 눈을 가리는 한
마리 새의 실루엣을 봅니다. 잠시 나타났다 순식간에 사라진
새는 피를 흘리고 있습니다. 지난한 날개를 부자연스럽게 움
직이며 날아간 새는 화이트제비 갈매기가 분명했습니다. 둥지

없는 새는 나뭇가지나 나무 등걸에 알을 한 개만 낳아 지킵니다. 그 새가 당장이라도 제 안으로 날아들 것 같은 기이한 예감이 듭니다. 새는 다시 날아올까요? 선생님!

제 남자가 모자를 잡으려고 뛰어갑니다. 골프를 치는 사람들의 평화로운 풍경이 제 안경알에 튀어 엉겼습니다. 해변을 따라 넓게 펼쳐진 골프장에선 마치 아무 일도 없었던 듯 아무것도 알지 못한다는 듯 사람들은 무심하게 볼을 날립니다. 웅성거리는 바닷가의 수많은 물거품을 닮은 하얀 볼을요. 역사는 베일에 숨어버린 채 이렇게 아름답고 평화롭게 보이는구나, 이제 신이 이 땅에 입김을 불어넣었구나, 저는 생각합니다.

우리, 제 남자와 저는 달려갑니다. 뛰어갑니다. 묘지의 출입구에는 가이드가 서 있습니다. 일행을 모두 들여보냈고 뒤늦은 우리를 기다리는 그는 '문을 꼭 닫아 걸어주세요'라는 붉은 팻말을 꼭 붙잡고 있습니다. 목책으로 에두른 묘지 안으로 발을 들여놓으며 다섯 개의 손가락이 모두 잘린 그의 오른손을 보고 말았습니다. 살짝 예순을 넘긴 것 같은 가이드의 동공은 청회색입니다. 손가락이 대수냐, 한때 그토록 잔혹했던 이 땅에서 살아가는 후예로서 손가락 정도 없는 것은 문제가 아니란 표정으로 활짝 웃고 있습니다. 그때부터 저는 그의 얼굴 대신 손을 쳐다보게 됩니다. 조상이 손바닥을 짚었던 땅을 자랑스럽고 너그럽게 어루만지고 있는 후손의 상징 같은 그 손을 말입니다. 선고된 숙명을 너끈히 사랑해내는 자의 엄숙하고도 쓸쓸한 표정에 저는 매료되고 말았습니다. 저는 그 순간부터 그의 설명에 빨려들어갈 것 같아졌습니다.

제 남자가 저의 손을 꼭 잡습니다. 하지만 그의 한 손은 바지주머니에서 끊임없이 무엇인가를 만지작거립니다. 호주머니 속에 무슨 보물이 있다기보다 은밀한 비밀을 간직하고 있는 것처럼 보입니다. 곧 우리는 숙연하게 무덤 사이를 걸으며 뜨겁고 축축해진 손을 놓았습니다. 제 남자의 한 손은 여전히 바지주머니에 찔러져 있습니다.

"이 비석이 교수형을 당해 돌아가신 제 증조할아버지의 무덤입니다."

가이드가 손가락 없는 손으로 작고 못생긴, 글씨가 지워진 머릿돌 하나를 가리킵니다. 해변이나 들판에 뒹구는 흔한 돌입니다. 그의 설명에 의하면 비문은 지워진 것이 아니라 애초부터 없었다는군요. 제 남자가 부스럭거리며 재킷의 안주머니에서 무엇을 꺼내 들었습니다. 쇠줄에 매달린 동전 같습니다. 그가 두 손으로 신들에게 바치는 제물처럼 경건하게 그것을 높이 받쳐 들었고, 스물세 명의 일행들이 그를 향해 우우 모였습니다.

바닷가의 묘지

"러브토큰이군요."

가이드가 흥분하며 설명합니다.

'애정의 메시지로 정성을 다해서 토큰을 조각하는 것은, 영국에서 죄수식민지로 수송되기 전에 사랑하는 사람들과 기념물을 남길 수 있는, 몇 안 되는 방법 중 하나였다. 토큰을 레든 하트(leaden hearts)라고도 부른다. 그들은 공식적인 정부기록과 개인적인 감정을 토큰에 기록하기도 했다. 종종 죄수의 이름과 사랑하는 사람의 이름, 유죄판결의 기간과 아름다운 구절과 이별의 아픔을 남기기도 했다. 하지만 가족에 대한 애정과 사랑의 말을 남기는 경구가 가장 많았다. 주로 새겨지거나 점각으로 찍었다.'

"쌍둥이 러브토큰의 한 개는 고조할아버지가 목에 걸고 첫 죄수단에 몸을 싣고 영국을 떠났거든요. 한 개는 이렇게 제 손에 살아 있습니다."

제 남자가 토큰을 앞뒤로 뒤집으며 말합니다. 제 남자의 손에서 토큰을 빼앗은 일행은 앞면과 뒷면을 읽으며 감탄합니다. 하지만 저는 마치 보지 말아야 할 금기의 물건을 본 것처럼 당황했습니다. 그래서 저는 눈을 들어 멀지 않은 곳에 보이는 피를 흘리듯 붉은 흙의 맨살을 드러낸 필립아일랜드를 응시합니다. 이곳으로 오는 버스에서 가이드가 말해주었습니다.

노폭아일랜드에 가장 근접한 조그만 필립아일랜드는 섬을 탈출하려는 죄수들의 탈출을 강인하게 유혹하는 대상이 되었고, 그곳을 탈출하려던 죄수들의 모험 결과는 언제나 죽음이었다고 했습니다. 깊고 거센 물살이 목숨들을 삼킨 것이었습니다.

'지금은 천국처럼 보이는 아름다운 이 섬에서 일어났던 많은 사실들은 불가사의한 채 시간 속으로 묻혀버렸다. 230년 전 캡틴 쿡이 이 섬을 발견하고 해변에 첫발을 들여놓았을 당시, 하늘을 찌를 것같이 곧게 뻗은 울창한 파인추리와 아마의 군락지가 매혹적으로 시선을 잡아끌었다. 1877년이었다. 그가 호주를 발견한 후 두 번째 남태평양을 항해하고 있었다. 무인도인 섬에는 폴리네시안이 거류했던 주거지 유산과 석기시대의 유물인 도구가 발굴되었지만 그것도 그들이 몇 세대를 견디지 못하고 자연 소멸된 흔적일 뿐이었다.'

가이드가 계속 설명을 합니다.

'그들이 필요한 것은 먹을 것과 물이었다. 캡틴 쿡은 인류가 살지 않는 이곳은 점유에 문제가 없다고 했지만 그 배면에 인간이 살 곳이 아니란 점은 염두에 두지 못했다. 하지만 캡틴 쿡 일행은 배의 마스터로 가장 적합한 나무를 발견했다고 그리고 아마가 선박의 돛을 만들기에 적합하다고 영국 정부에 보고했다. 지리적으로 뉴질랜드에서 더 가까운 이곳 섬은 그

냥 천국으로 남아 있어야 하지 않았을까.'

가이드의 목소리는 차분하다 못해 가라앉을 것같이 들립니다.

"섬을 프랑스에게 뺏기지 않으려고 서둘러 영국이 점유한 이 땅에서 도대체 무슨 일들이 일어났는지 여러분은 잘 모를 것이다."

저는 모자를 벗어들었습니다. 정오의 햇빛은 저의 그림자를 묘지 위에 짙게 드리웁니다. 정수리에 떨어지는 햇볕은 한층 뜨겁습니다. 죽은 자들의 강렬한 기운에 매몰되어 제 자신이 녹아내릴 것 같습니다. 그 힘 때문에 저는 묘지 위로 넘어질 것처럼 휘청거립니다. 일행의 손과 손을 오가며 돌려보던 러브토큰을 그가 받아 재킷의 안주머니 깊숙이 집어넣습니다. 일행은 삼삼오오 흩어져 묘비를 관찰하며 기어들어가는 소리로 비명을 읽기도 하고 호기심에 서로 대화를 나누며 웅성거립니다.

해풍이 점점 거칠게 몰아칩니다. 그때 스마트폰이 울렸습니다. 저는 다른 때보다 몇 백 배 놀랄 수밖에 없었습니다. 전화가 되지 않는 지역이라고 알고 있었는데 전화벨이 울렸으니까요. 어쩌면 저는 고의로 와이파이 카드를 구입하지 않았는지도 모릅니다. 와아파이가 없어도 수신이 가능하단 예견까진 못했습니다. 정신을 놓아버린 채, 많은 것을 잊어버리고 있었으니까요. 아니 잊고 싶었다는 말이 더 정확합니다. 저는 제 남자와 함께 있는 것만으로 세상을 다 소유한 것 같았거든요.

"메어리! 킁킁이가 먹지도 않고 잠도 안 자."

킁킁이의 유료 애완동물 돌봄이 캐롤이었습니다.

"그럴 리가."

"지금 돌아오면 안 될까?"

저는 전화기를 들고 몇 발짝 뒤로 물러섭니다.

"이곳에 온 지 겨우 하루가 지났어, 캐롤."

"킁킁이가 밤새도록 잠도 자지 않고 하울링만 해……. 꼭 왔으면 좋겠어."

저는 애써 담담하게 전화를 받으려고 노력합니다.

"하지만 지금은 갈 수가 없어 겨우……."

"녀석이 눈물만 흘려!"

"아무튼 갈 수가 없어 캐롤, 알다시피 나는 이곳에 혼자 온 것이 아니잖아."

"그렇지만 킁킁이가 기다리는 것은 오직 너뿐이야."

"캐롤, 내 말 들려? 정말 특별한 여행이란 것 알잖아!"

저는 매정하게 전화를 끊었습니다.

선생님, 전화기를 든 제 손이 무척 떨렸습니다. 제 손바닥이

물에 씻은 것처럼 땀이 흐릅니다. 결국 전화기를 떨어뜨리고 맙니다. 등에서도 땀줄기가 흘러서 허리로 떨어집니다.

게이 같은 놈들, 쿵쿵이를 얼마나 괴롭혔으면—. 저는 전화기를 주워들며 작은 소리로 중얼거립니다. 쿵쿵이를 괴롭히는 두 마리 수캐가 눈앞에 어른거렸습니다.

"돌아가야겠지?"

그새 제 옆에 다가와 묻는 제 남자의 질문에 저는 고개를 끄덕입니다. 눈앞에서 저먼 셰퍼드와 잉글리시 불독이 리트리버인 쿵쿵이를 괴롭히는 장면이 어른거려 숨이 꽉 막힙니다. 남자가 제 손을 잡아줍니다. 그때까지도 제가 심하게 손을 떨고 있었던 모양입니다.

제 남자도 전화로 듣게 된 상황을 믿지 않습니다. 쿵쿵이가 모래사장에 뛰어놀던 순한 모습을 그가 알고 있기 때문입니다. 그는 두 딸을 가진 한 번 갔다 온 남자입니다. 두 달 남은 마흔인 저는 주말이면 그와 그의 두 딸 그리고 쿵쿵이와 바닷가에서 오랫동안 놀았습니다. 주로 그와 저는 이야기를 나누고 두 딸들은 쿵쿵이와 재미있게 늑골무늬 모래사장을 뛰어다니며 지칠 때까지 놀곤 했습니다. 그렇게 녀석은 잘 먹고 잘 놀고 사람이든 동물이든 순하게 대하는 세상에 둘도 없는 녀석입니다.

어제 오늘 내일

막 서른이 된 제 남자는 검은 머리에 갈색 눈동자를 가진 호주 남성입니다. 중간 키와 중간 몸매에 무난한 성격과 어둡지도 밝지도 않은 표정을 간직한, 그리고 고등교육을 받았지만 오히려 노동자 냄새가 나는 지극히 평범한 남자입니다. 그의 피에 죄수의 피가 한 방울이라도 섞여 있다곤 세상의 누구도 믿지 않을 것입니다.

큥큥이를 맡기기 전 면접을 갔을 때 본 두 마리의 수캐를 무심하게 지나친 제게 책임이 있습니다. 제 머리엔 제 남자와 함께 떠나는 일만 꽂혀 있었겠지요. 걱정이 되면서도 걱정하지 않아도 된다고 저 자신을 속였고 제 자신에게 거짓말을 했습니다. 만나는 그 순간부터 두 녀석이 교대로 큥큥이 등에 올라타는 광경을 제 눈으로 똑똑히 보고도 말입니다. 그때 저는, 저러다 말겠지? 처음이라 개들의 반갑다는 인사겠지. 저는 큥큥이를 믿는다고 소리 내어 중얼대기까지 했으니까요. 그때 제가 제 남자에게 정신이 홀려서 제 자신에게 거짓말을 해댄 것이 이제야 분명하게 자각됩니다. 그러한 것을 사람들은 자기합리화라고 말하기도 하지요.

"괜찮을 거야. 아니, 괜찮지 않을 수도 있어."

중얼거리는 저의 손은 심하게 떨립니다. 뭔가 일이 잘못되어 가는 것 같은 불안이 덮칩니다. 자신을 달래며 불길한 생각을 접으려고 애를 써봅니다. 하지만 마음을 다잡으면 다잡을수록 돌아가야 한다고 마음이 대답합니다. 이곳에 온 것을 처음으로 후회하게 되었습니다. 그러자 이곳까지 어렵게 왔던 과정이 하나하나 제 머리에 떠오릅니다.

하긴 생각해보면, 공항 통관에서 와인 두 병을 빼앗기기 전까진 분명 순조로운 여행의 출발이었습니다. 기차역으로 가기 위해서 집 앞에서 택시를 기다리면서 올려다본 하늘엔 별이 반짝이고 있었으니까요. 별들이 운명처럼 길을 안내하고 있는 것 같았거든요. 별을 따라 예수의 탄생을 쫓아간 동방박사가 생각났습니다. 별이 너무도 영롱하게 반짝였거든요. 덩치 큰 택시가 집 앞에 도착했습니다. 시작이 좋다고, 택시기사에게 대고 하지 않아도 될 말을 하고 말았어요. 그래서였을까요, 기사는 응답을 하지 않더군요.

공항 검색대에서 와인을 빼앗기던 순간 몸 안에서 스르륵 무엇이 빠져 나가는 것 같았습니다. 아무래도 와인 두 병 정도는 들고 가는 게 좋지 않겠느냐고 제안을 한 사람이 저였는지 제 남자였는지 기억나지 않습니다. 하지만 댄 머피[1]에 갔을 때 신기하게도 '19인 범죄자' 라벨이 붙은 와인을 발견한 사람은 제 남자였습니다. 와인은 마치 진열장에서 우리를 기다리고 있었다는 듯이 발견되었죠. 카버네 소비뇽 와인이었습니

다. 제가 가장 선호하는 맛이었죠. 와인이 나란히 줄서 있었거
든요.

　제가 그중 두 병을 집어 들었습니다. 조금 흥분이 되더군요.
호주 최초 죄수선단으로 온 범죄자들의 얼굴이었죠. 섬에 도
착해서 와인부터 한 잔 마시면 제가 섬에 가게 되는 목적과 그
의미가 살아날 것 같았습니다. 어쩌면 그 사진 중에는 노폭아
일랜드에서 수인생활을 한 자도 포함되어 있을지 모른다는 기
대까지 했으니까요.

　제 남자를 따라 쿵쿵이도 내팽개치고 먼 길을 나섰던 것은
호주 감옥 역사에 대한 호기심에 불이 붙은 것도 아니었고, 더
군다나 특별한 역사의식 같은 것은 애시당초 없었습니다. 굳
이 밝히자면 제 남자를 따라나선 것일 뿐입니다. 그가 노폭아
일랜드에 간다고 말을 꺼냈을 때 왠지 뭐라도 붙잡고 싶은 심
정이었습니다.

　그를 처음 만난 것은 '역사 속에 숨은 범죄자들' 이벤트에서
였습니다. 그는 어머니의 증조할아버지 뿌리를 찾기 위해서
그곳에 왔다고 말했습니다. 저는 그때 우연히 관람하게 된
〈The Legend of Ben Hall〉 영화 때문이었습니다. 벤 홀은 부
시레인저(bushranger)였죠. 아, 이런 가족의 뿌리도 있구나 하
는 생각도 생각이었지만 저를 잡아당긴 것은 주연을 맡았던

잭 매튜와 조안나 도빈의 멋진 섹스 신이었죠. 쿵쿵이를 남겨 놓고 떠난 늙은 노모가 원망스러웠습니다. 저는 무엇에라도 관심을 붙들어 매어서 불안한 현실을 잊어야 했습니다.

그 이벤트 현장에서 그가 우연히 저의 옆자리에 앉게 되었고, 저로선 운명적인 일이었죠. 하지만 우리는 아주 느리게 가까워졌습니다. 그래서 우연한 일들이 연쇄적으로 일어나는 것도 서로 알아채지 못할 정도였다니까요.

선생님, 그러니까 그를 이벤트에서 만난 그다음 날이었습니다. 쿵쿵이를 끌고 해변에 갔을 때 그가 어린 두 딸을 데리고 맞은쪽에서 걸어오고 있었어요. 그것은 정말 우연이었죠. 제가 살고 있는 곳은 워낙 인구가 적은 소도시라서 그 정도를 기적이라고 말할 수는 없지만 기적은 분명 기적이었으니까요. 우리는 계속 만나게 되었고, 그리고 만나기를 원하게 되었고, 만나자고, 약속하는 사이가 되었습니다. 바람이 심하게 부는 날이었습니다. 파도가 거칠게 솟구치고 해변의 모래가 허공으로 날아올랐습니다. 금방 폭우가 쏟아질 것 같은 날씨였죠. 그가 노폭아일랜드에 간다고 말을 꺼냈습니다. 저는 매달리고 싶었습니다. 노모가 떠난 자리를 쿵쿵이가 다 채워주지는 못했습니다. 하지만 쿵쿵이는 제게 노모의 분신처럼 소중했습니다.

돌아보면, 비행기가 노폭아일랜드에 착륙을 하려는 순간 가슴이 꽉 막혀서 숨을 쉴 수가 없었습니다. 찰나, 인간의 운명이 떠올랐습니다. 다시는 살아서 집으로 돌아가지 못할 것이란 생각이 번쩍 뇌리를 스쳐지나갔습니다. 마치 처음으로 이곳에 유배된 죄수들처럼. 그 생각 끝에 저는 잠시 몸을 파르르 떨었습니다. 하지만 묻고 싶습니다, 선생님 제가 집으로 돌아가지 못해도 좋을 것 같은 생각은 어쩌면 제가 제 남자와 비행기에 나란히 앉아 있었기 때문이었을까요?

기체에서 내려다본 섬은 가파른 절벽 아래서 거친 파도가 포효하고 있었고 물색은 마린블루 그 자체였습니다. 형용하기 힘든 그 아름다운 색채에 그만 빠져죽고 싶었습니다. 거칠고 사나운 바다는 나 하나쯤 순식간에 삼키고도 남을 정도로 높이 치솟는 곳입니다. 지나치게 제가 감상적인가요. 모두가 제 남자 때문입니다. 사랑이라고 하는 마력에 사로잡혀버린 저의 가난한 영혼 때문입니다. 아직 저는 몽고반점 같은 황인종의 끈끈한 정을 벗어던지지 못한 것 같습니다.

작은 보트가 이별에 떨고 있는 연인처럼 한 쌍으로 묶인 채 파고를 이겨내는 광경이 유난히 제 눈에 띄었습니다. 마치 불안정한 인생을 두 사람이 꼭 붙들고 있는 것과 흡사해 보입니다. 그 풍광은 저를 조금 의아한 기분에 빠뜨렸습니다. 나중에

안 일이지만 남태평양의 그 어떤 곳보다 가장 파고가 거친 환경을 이겨내려고 생존을 위해 고안을 한 것이라고 하더군요.

남태평양 한가운데 신화처럼 존재하던 섬에 영국인들이, 죄수들을 보내려고 결정한 것은 최초 죄수선단이 출발하기 채 3주도 남지 않을 때였다죠. 노폭섬을 보조 죄수 유형지로 성급하게 결정했답니다. 호모사피엔스가 생존을 포기하고 사라진 섬, 식물들만 무성하게 뿌리를 내리고 번성한 곳에 말입니다. 문제는 인간은 뿌리로 영양을 빨아들이지 않는다는 점이죠. 바다는 거칠어 어획을 할 수도 없는, 하지만 지금 섬의 풍경은 아무 일도 없었던 것마냥, 입을 다문 채 파라다이스처럼 아름답기만 합니다.

일행은 자율적으로 흩어져 꽃도 십자가도 없는 묘비들을 돌아봅니다. 교수형을 당한 죄수들의 무덤에도 간간히 비석이 세워져 있습니다. 대부분이 자연석이지만 조그만 묘비에 죄수의 이름과 고향, 교수형을 당한 날짜까지 친절한 것도 눈에 띕니다. 묘지 끝에 당도한 일행은 가이드의 지시대로 출입구 정반대편에 난 출구를 빠져나갑니다.

목책 밖에는 길게 몸겨누운 둔덕이 보입니다. 살아 있는 사람들이 너무나 많이 거쳐 가는 바람에 죽은 사람의 흔적은 모두 닳아 없어졌지만, 둔덕은 흡사 눈을 숨기고 부재가 환생하는 순간을 긴 기다림으로 침묵하고 있는 것 같습니다.

골똘한 생각에 빠져 있는데 이상야릇한 소리가 제 귀에 들렸습니다. 바다의 웅성거림인가 하고 시선을 푸른 수면으로 보냈지만 그것은 분명 새의 울음소리였습니다. 새는 제 몸을 뚫고 지나갈 것처럼 필사적으로 날개를 휘저었습니다. 하지만 새의 실루엣은 마법의 손에 빨려간 것처럼 금방 사라져버렸습니다.

눈을 들어 저는 제 남자를 찾아야 했습니다. 그는 묘지, 아니 둔덕 옆에 무릎을 꿇고 앉아 있습니다. 그의 손에는 러브토큰이 들려 있습니다. 그곳을 뚫어지게 쏘아보는 제 남자의 눈이 묘지를 파헤치고도 남을 기세입니다. 그러나 저는 가이드의 설명에 귀를 열었습니다.

'휴먼 에러! 휴먼 에러! 이곳엔 교수형을 당한 열두 명의 시신이 묻혔다. 그들은 묻히지 못했고 스스로 무덤이 되었다. 시신 위에 시신을 포개고 다시 그 위에 겹겹이 덮은 시신이 마치 죽은 생선을 쌓듯이 포개놓은 비극의 자리이다.'

가이드의 목소리가 조금 갈라졌습니다.

'이 둔덕은 교수형을 당해 죽은 자들의 몸과 같다. 새들이 날아와 눈을 파먹고 또 내장을 쪼아 먹었으며, 머리를 쪼개 골을 빼 먹었다. 해풍과 파도와 자갈이 시체 위로 굴러와 조성된

자연무덤이다.'

제 남자가 토큰을 재킷 주머니에 넣고 있는 것을 저는 바라봅니다. 주변엔 무성한 잔디가 폭신한 베드처럼 자라 있어 마치 초록침대 같습니다. 그 위에 눕고 싶습니다. 그와 함께 잠들고 싶은 욕망이 솟구칩니다. 그와 몸을 꼭 밀착시킨 채 잠들고 싶다는 불경스러운 생각이 왜 하필 초록의 잔디를 보면서 솟구치는 걸까요? 저는 알 수 없는 생각들의 도가니에 빠져 허우적댑니다.

제 마음 한구석에서 킁킁이의 모습이 어른거리는 것도 빼놓을 수 없는 불행감입니다. 갑자기 죽음 같은 피곤이 몰려오고 숙소로 돌아가고 싶어졌습니다. 가이드와 일행은 오늘의 일정을 끝내고 슬슬 돌아갈 낌새를 보입니다. 제 남자는 돌비석처럼 꼼짝하지 않을 것 같습니다. 킁킁이 생각 말입니다, 선생님! 죽은 사람은 죽은 사람이고 살아 있는 개는 또 살려야 할 것 같습니다. 그가 혼자 무엇인가 중얼거립니다. 주먹을 꽉 쥔 제 손 안에서 뜨거운 불같은 땀이 통닭이라도 삶아낼 것처럼 끓습니다.

"오늘은 이만 일행과 함께 돌아갔다 내일 다시 오기로 해."

마치 제 속을 들여다 본 것처럼 그가 말하며 일어납니다.

숙소로 돌아온 제 남자는 아무것도 먹지 않으려 합니다. 저도 전혀 배가 고프지 않습니다. 그래서 우리는 곧 잠이 들고 말았습니다. 하루의 피로가 잠을 불러오기엔 충분했으니까요. 꿈에 킁킁이를 보았습니다. 너무 놀라서 잠이 깨는 바람에 킁 킁이가 어떤 모습으로 꿈에 나타났는지 금방 기억에서 사라져 버렸습니다.

2

제 남자와 저는 그다음 날 오후 다시 묘지에 가야 했습니다. 콜린 맥칼로의 저택을 오전에 방문한 후였습니다. 저는 그녀의 묘지가 보고 싶었습니다. 그녀가 살았던 저택엔 아직도 남편이 살고 있었습니다. 그녀를 오랫동안 돌본 가정부 바바라는 집 안을 돌아가며 설명을 해주었습니다. 거실의 벽에는 유명한 화가의 그림들이 많이 걸려 있었죠. 오늘은 공교롭게도 삼 년 전 그녀가 숨을 거둔 날이기도 했습니다. 그녀의 저택엔 68개 국어로 번역된 『가시나무새』를 아직도 판매하고 있었습니다. 저는 하드커버 한 권을 샀습니다. 마흔일곱 살에야 노폭섬의 현지인과 결혼한 그녀는 36년 동안을 이토록 외롭고 고독한 그리고 처참했던 섬에서 22권의 책을 더 저술했답니다. 바바라는 그녀의 묘지가 교수형을 당한 죄수들의 무덤과 다정하게 한 울타리 안에 묻혀 있다고 빠르게 말해주었습니다.

하지만 어디에도 그녀의 묘비는 보이지 않습니다. 묘비는 어디에도 없습니다. 제 남자는 손을 꼭 잡아주었지만 보이지도 않는 묘지를 억지로 찾지 말라는 무언의 핀잔이 담긴 표정이 역력합니다.

정보센터로 달려가 도움을 받고 와서야 겨우 찾은 그녀의 묘비에서 기념사진을 찍었습니다. 묘지를 지나치면서도 알아보지 못했다는 것을 알게 되었습니다. 저는 제 임의로 머릿속에서 상상된 이미지를 찾아 헤맸던 겁니다. 인간은 아는 것만큼 행동하고 믿고 싶은 것만 믿으니까요. 크고 당당한 헤드스톤 위에 그녀의 이름이 화려하게 새겨져 있을 것이라고 의심 없이 믿었죠. 장엄한 묘비와 그 묘비를 둘러싼 화려한 꽃들을 상상했습니다. 적어도 세계적인 베스트셀러 작가의 묘비가 그렇게 조그마하게 서 있을 줄은 꿈에도 몰랐습니다.

그녀의 묘비는 너무나 간단하고 소박해서 눈물이 날 것 같습니다. 지극히 간편한 비문과 양옆에 놓인 조화 두 다발이 시선을 붙들었을 뿐입니다. 주변의 크고 우람한 묘비와 요란한 명구들과 너무나 비교가 됩니다. 그녀의 묘비를 찾으려고 두 시간은 족히 묘지에서 진땀을 뺐습니다. 그녀의 묘비는 정말 작고 검소합니다.

허탈해진 우리는 누가 먼저랄 것도 없이 콜린의 묘지 옆에 털썩 주저앉고 말았습니다. 창자에서 신물이 올라옵니다. 이틀 동안 우리는 물밖에 먹은 것이 없습니다. 배에서 꼬르륵 소리가 연달아 울립니다. 저는 배고픔을 잊으려고 전날 가이드가 해 주었던 죄수들의 스토리를 애써 떠올립니다.

'배의 마스터로 사용하려던 파인추리는 너무 물러서 용도에 적합하지 않았다. 그리고 아마는 뉴칼레도니아섬에서 데려온 말레네시안들이 기술을 익히지 못해 진전을 보지 못했다. 그뿐만 아니었다. 섬의 사정은 하루가 다르게 추락해가고 있었다. 죄수들의 갈등은 굶주림이었다. 캡틴 쿡, 그가 처음 발견한 천국 같은 섬은 죄수들은 물론 간수들에게까지 지옥이었을 뿐이다. 죄수들은 지쳐서 자주 졸도했고 스스로 목숨을 끊는 일이 끊임없이 발생했다. 간수들도 지치기 시작했다. 처음 걸어보는 땅, 매뉴얼조차 없는 임무를 감당했던 간수들은 타락을 일삼고 퇴폐하기 시작했다. 설상가상으로 흉년이 들었고 짠 바닷바람에 식량을 보관하는 일은 어려웠다.'

'점점 흉악해지는 죄수들은 배고픔을 이기지 못해서 섬을 탈출하려다 사나운 파도에 휩쓸려 시체조차 찾을 수 없는 일들이 벌어졌다. 섬에 서식하는 가마우지는 물론이고 도마뱀과 나비 심지어는 큰 지네까지 잡아먹었지만 굶주림은 해결되지

않았다. 그리고 마실 물조차 없었다.'

"그럴 때 그들에게 할 수 있는 것이 무엇이었을까요?"

저는 저답지 않게 촉빠르게 나서서 대답하고 말았습니다.

"신의 이름을 외쳐 불러야겠지요!"

일행과 제 남자 그리고 가이드까지 폭발적으로 웃습니다. 저는 그만 썰렁해지고 말았습니다.

콜린의 묘지 앞에 한동안 앉아 있던 제 남자와 저는 엉덩이의 티끌을 털며 일어났습니다. 가야 했습니다. 제 남자에게 손목이 잡힌 채 묵묵하게 목책 밖의 묘지, 둔덕을 향해 걷습니다. 그 무슨 말도 할 수 없습니다. 하지만 다시 제 안에서 알수 없는 불안이 몰아닥칩니다. 참을 수 없는 죄책감입니다. 정체를 알 수 없는 불안과 죄책감은 알고 싶지 않았지만, 그것은 분명 사랑하는 콩콩이 때문입니다.

투명한 코발트색 하늘이 제 남자의 고조할아버지가 잠들었다는 무덤이 아닌 둔덕 위를 지켜보고 있었습니다. 허나 저는 숙소로 돌아가고 싶은 마음뿐입니다. 그리고 짐을 싸서 돌아갈 궁리를 해볼 뿐입니다.

"7년의 형을 받았을 뿐이야."

입안에서 중얼거리는 그에게 제가 크게 말해 달라고 졸랐습니다. 그가 조금 큰 소리로 말합니다.

어제 오늘 내일

"한 덩이의 빵을 훔치고 그리고 7년의 형량을 받고 이곳으로 유배된 나의 고조부는 형량을 마치고 고향으로 돌아갈 날을 하루도 빠지지 않고 기도했을 거야."

그가 울먹입니다.

"쌍둥이 러브토큰의 다른 한 개는 분명 저 무덤 같지도 않은 저 무덤 속에 있을 것이라고 나는 믿어. 할아버지의 목이 잘릴 때도 러브토크만은 결코 자르지 못했을 테니까."

그가 손가락으로 둔덕을 가리킵니다. 제 남자의 외할아버지는 아버지를 찾아 호주에 왔고 그전까지 아무것도 알지 못했던 그는 혼신의 힘을 다해 5년을 찾아다닌 끝에 충격적인 정보를 겨우 알아낼 수 있었다고 했습니다.

그 이야기를 듣는 순간 아무래도 이곳을 빨리 떠나야 한다고 마음속으로 결단했습니다. 숙소로 돌아가면 짐을 꾸리고 그리고 제 남자에게 말을 하고 떠날 겁니다.

그때 호주머니의 전화가 울렸습니다.

"킁킁이가 무섭도록 사나워졌어. 불독과 셰퍼드가 녀석 가까이 얼씬도 못하게 이빨을 물고 으르렁대며 포효하고 있어."

"게이 같은 개새끼들!"

저는 큰소리로 외쳤습니다. 킁킁이가 사납게 변해서 개들은 물론이고 사람도 가까이 못하게 한다는 말은 믿어지지 않았습니다.

우리는 서둘러 숙소로 돌아갑니다. 돌아가야 할 일이지요. 숙소로 돌아가는 길은 발길이 무겁습니다. 텅 빈 창자 때문에 희부옇게 헛것이 보입니다.

빌라에 도착했을 때 현관 키가 보이지 않았습니다. 우리는 이틀을 꼬박 굶은 탓으로 통닭을 푹 삶아서 먹을 생각이었습니다. 제 남자의 손에는 금방 잡은 닭이 한 마리 들려 있습니다. 1700명의 인구가 살아가는 섬에는 웃어넘기기 힘든 소박한 풍경이 펼쳐집니다. 어미 닭들은 병아리를 거느리고 카페의 마당을 파헤치고, 길에도 숲에도 닭들이 돌아다닙니다. 소들은 길을 어슬렁거리며 자동차를 막아서기 일쑤죠.

주머니란 주머니를 모두 뒤지고 모자를 털어내고 손가방을 샅샅이 뒤졌지만 키는 보이지 않습니다. 쇼핑을 한 것이라곤 닭밖에 없습니다. 닭이 든 비닐봉지를 들어 엎었습니다. 내장이 땅바닥에 먼저 툭 떨어졌습니다. 저는 창자가 들어 있었던 뱃속 깊숙이 손을 넣고 휘저어 봅니다. 닭의 뼈가 딱딱하게 손끝에 느껴집니다. 딱딱하기는 했지만 키는 아니었습니다.

그는 열심히 뒤졌던 주머니를 재차 뒤지고 그리고 바짓가랑이를 털어내고 재킷을 벗어 휘젓습니다. 쩽그랑, 하고 러브토큰이 콘크리트 바닥에 떨어졌습니다. 저는 토큰을 집어 듭니다. 금기처럼 보였던 토큰에 열쇠의 출처를 알려줄 암호 같은 해답이 새겨져 있을 것 같았거든요. 그 순간엔 정말 그렇게 믿었습니다. 그러한 환상은 어디서 시작되었는지 알 수 없었지만, 저는 러브토큰의 내용을 읽기 시작합니다.

"내가 죽을 때까지, 나는 당신을 사랑할 것이다. 설령 죽어서 내 숨이 멈춘 후에도…… 그리고 영원히!"

앞뒤 구분을 못한 저는 러브토큰의 뒷면을 먼저 읽고 말았습니다. 토큰을 뒤집었을 때 좀 더 많은 내용이 보입니다. 정교하게 조각된 토큰에는 돛이, 그리고 그 앞에는 여성의 중심 이미지가 새겨져 있고, 그녀의 가슴에 두 개의 하트가 박혀 있습니다. 여성은 손가락으로 하늘을 날아가는 새를 가리키고 있습니다. 그 손가락 끝에는 수평선을 항해하는 선단이 바다에 점점이 떠 있고, 그 배들을 따라서 새가 끝없이 날개를 휘저으며 날아가는 그림입니다. 날짜가 있었지만 저는 읽지 않습니다. 읽을 필요성을 느끼지 못했습니다. 아니 미치도록 슬펐기 때문입니다. 마치 슬픔을 털어내듯 저는 토큰을 제 남자의 손바닥 위에 올려주었습니다. 그곳에서 어떤 회답도 발견하지 못한 저는 슬프고 답답합니다.

우리는 자동차 안과 가방 그리고 주머니와 주변 땅바닥에서 키를 찾아보겠다고 있는 노력을 다 기울였습니다. 쇼핑센터로 자동차를 몰았습니다. 왔던 길을 되짚어 키를 찾아 나선 것입니다. 아이쇼핑을 했던 작은 슈퍼마켓을 거쳐서 닭을 잡아 주었던 정육점으로 키를 찾으려고 달려갑니다. 쇼핑센터도 닭을 팔던 정육점도 이미 문을 닫은 상태입니다. 멍하게 하늘을 올려봅니다. 하늘엔 몇 가닥 구름이 엉켜 있을 뿐인데 갑자기 제 마음이 폭풍이 불어 닥칠 것 같은 격정에 휩싸였습니다. 새가 날아갔던 같은 하늘입니다. 피를 흘리며 날아가던 새의 기억이 제 심장을 찌를 것 같습니다.

우리, 제 남자와 저는 그 길로 내처 달려서 바닷가의 묘지에 도착했습니다. 석양의 묘지는 붉은빛에 노출되어 있었지만 목책은 단단하게 잠겨 있습니다. 누가 붉은 색상을 분노라고 했던가요. 선생님은 알고 계세요? 불타오르는 석양빛을 보자 가이드가 들려준 설명이 떠오릅니다.

'무리 중 하나가 달려가 간수의 목을 쳤다. 마치 파인추리를 자르듯. 반란이 일어난 결정적인 동기는 밥그릇과 숟가락, 포커까지 빼앗고 음식을 극도로 줄였기 때문이다. 죄수들은 아침을 굶은 채 채찍을 맞으며 일을 하러 가는 일이 허다했다. 그날도 파인추리를 자르는 도끼를 들고 있는 무리에게 심한 욕설과 채찍이 날아왔다. 순식간의 일이었다. 한 번 용솟음친

울분은 무서운 기세로 폭발했다. 그날 도끼에 목이 잘린 간수들은 고문과 태형을 일삼던 자들이었다. 피의 맛을 본 도끼는 저 혼자 춤을 추듯 또 다른 세 명의 간수들 목을 연이어 잘랐다.'

'반란자들의 몸은 오직 뼈와 피부껍질밖에 없었다. 굶주린 짐승처럼 눈만 번득였다. 관리들에게 붙들린 도끼와 도끼의 주인은 광란을 중단하게 된다. 그렇게 무서웠던 힘은 잠시 아찔한 현기증과 함께 제압되었다. 그중 몇몇은 파인추리를 자르러 가기 위해, 오직 형벌 노역을 하러 가던 무고한 죄수들이었다.'

제 남자의 고조할아버지가 무고한 무리에 속하는 인물이었음을 저는 직감으로 알아챘습니다. 사건 현장에 존재했다는 이유 하나로 그들도 반란자들과 함께 교수형을 당한 것입니다.

서로 다른 색채와 결을 지닌 감정들, 신이 존재하지 않은 섬에서, 잘못된 생각과 의사결정이 예측불가능한 일을 불러온 것입니다. 우연히 발생한 예견 불가능한 일이라고 변명할 수 없는 일이지요. ……만약 그곳에 신이 존재하고 있었다면?

열두 명은 신을 부르기 위해 바쳐지는 제물처럼 교수대에 목을 달았을 것입니다. 초인의 힘으로 웅성기리는 바나의 변화는 그 순간 얼마나 변덕스러웠을까요.

바닷가 묘지에 도착한 우리는 교대로 대낮에 보았던 팻말 위의 맹꽁이열쇠를 힘껏 비틀어봅니다. 꼼짝도 하지 않습니다. 우리는 발길을 돌립니다. 골프장을 가로질러 목책을 뒤돌아보지 않고 잰걸음으로 걸어갑니다. 키를 찾아야 합니다. 초록색 잔디 위를 걷거나 앉거나 누워서 시간을 보냈던 몇 시간 전의 기억을 떠올리며 목책 밖의 묘지를 향해 움직입니다.

우리가 걸어가는 등뒤에서 해풍이 웅성거리며 변덕스럽게 바다를 향해 돌진하고 있습니다. 마치 신들에게 제의를 드리는 장송곡처럼 거친 파도소리가 귀를 때립니다. 우리가 머물렀던 잔디 위를 맴돌며 각자의 눈을 휘둥그레 뜨고 키를 찾았지만 헛된 희망일 뿐입니다. 키는 어디로 간 것일까요.

저의 남자가 마치 침대에 몸을 눕히듯 잔디 위에 누워버렸습니다. 저도 그의 등을 보며 눕고 말았습니다. 지치고 피곤했으며 허기가 몰려왔으니까요. 저는 남은 기운을 다해 그의 따뜻한 등을 문질렀고, 왠지 눈물이 흘렀습니다. 그 순간의 느낌을 어떻게 설명해야 할까요? 인생이란 그런 것입니다. 그래서 저도 모르게 불쑥 말했습니다.

"우리…… 아기 가질까?"

저는 그것이 제 자신이 한 말 같지 않았습니다. 누군가가 저

대신 제 목구멍을 빌려서 그 말을 해준 것처럼 제 말을 제가 듣고 놀랐습니다.

"……."

그는 아무 반응이 없습니다.

"파도소리가 태고의 생명처럼……."

저는 갑자기 알 수 없는 감정이 치밀며 올라왔고, 정신이 혼미합니다.

"묘지에서 남녀가 몸을 섞으면……."

그가 한숨을 쉬면서 말합니다.

"무덤 속의 영혼이 네 안으로 들어가서 아기로 태어난데……!"

잘 웃지 않는 제 남자가 희미하게 웃으며 말합니다.

"……음, ……음, 너의 고조할아버지의 영혼이 나의 안으로……, 나의 자궁 안에서 열 달 동안 따뜻한 사랑을 받고 세상에 태어날 수 있을 거야. 내 자궁의 포근한 온수가 그를 품고 어루만지고 그리고 위무할 거야."

저는 그 말을 빨리 말하려다 혀를 깨물고 말았습니다.

'인간은 어떤 환경에서 태어나 어떤 역경을 살다 죽어가게 되는지는 아무도 모른다. 스스로 선택한 출생이 아니듯이…….'

저는 그런 생각을 했습니다. 생각을 하자 괴로움을 견딜 수 있을 것 같아졌습니다. 적어도 거칠고 사나운 인생이란 것에 대해서 말입니다.

제 남자의 손길이 제 몸에 닿는 순간 바다는 파장이 일고 교란이 일어나고 파동이 솟구칩니다. 에너지를 생성하는 바다는 한없이 울부짖습니다. 우렁찬 바다, 한껏 고조된 파고는 몸부림칩니다. 이완과 수축의 헐떡임이, 근육이 활처럼 휘어지다 펴지고 밀물과 썰물의 박동이 극한점에 닿는 찰나, 화살은 제 심장을 뚫고 들어왔습니다.

한 실루엣이 나의 자궁에 둥지를 틀고 들어왔습니다. 낮에 본 그 피 흘리던 화이트제비 갈매기입니다. 저도 제 남자도 동시에 쓰러져 잠이 들고 말았습니다. 꿈속에서 새의 울음소리처럼 전화벨이 울렸습니다. 저는 일어나 전화를 받아야 했습니다.

전화는 벗어던져 놓은 청바지의 호주머니 속에서 계속 울려댑니다.

"메어리! 큰일 났어! 쿵쿵이가 죽었어."

"쿵쿵이가 죽었다고?"

"……쿵쿵이가 죽은 게 아니라 쿵쿵이가 불독을 물어뜯었어. 불독이 죽었다고 불독이. 알아? 불독이 죽었어. 쿵쿵이에

어제 오늘 내일

1 1 2

게 물어뜯겨서."

　전화를 건 사람은 캐롤이 아니었습니다. 그의 아들도 아니
었습니다. 게이인 케롤 아들의 파트너였습니다. ☀

주 1) 창고형 주류 판매점.

디거스Diggers

그는 아내의 유언장을 아들의 책상 위에 슬그머니 올려놓
았다. '상대를 고를 때 견적을 잘 뽑아라. 아들과 아버지가
집을 공동 소유주로 하라.' 자동차 사고를 당한 아내는 중
환자실에서 만 3일 만에 숨이 멎었다. 유언을 받아 적은 사
람은 아들이었다.

디거스Diggers

덩치며 몸 빛깔이 각양각색이다. 번들거리는 눈빛이 사람이라도 물어뜯을 것 같다. 버진과 교미를 하려고 모여든 수캐들. 5미터의 철판담장을 펄쩍펄쩍 뛰어오르고 있는 젯스타의 금빛 몸뚱이가 바늘처럼 그의 눈을 찔렀다. 발톱과 주둥이로 담장 아래 흙을 사정없이 파헤치는 녀석, 어슬렁거리며 집 안으로 들어오려고 담장 틈에 머리를 들이대는 녀석, 담장을 뛰어넘으려고 필사적으로 뛰어오르는 개의 둔탁한 몸에 부딪쳐 내지르는 철판의 날카로운 소리, 헉헉거리는 개들의 거친 숨결이 그의 집을 에둘러 쌌다.

"고 어 웨이!"

그가 소리쳤다. 그는 땅바닥을 두리번거린다. 쇠파이프를 집어 들고 작업화로 대문을 걷어찼다. 뛰어오는 그를 본 개들이 겁을 먹고 일제히 도망을 간다. 힐끔힐끔 눈길을 던지며 뒷걸음치는 꼴들이, 마치 산 먹이를 놓쳐버린 굶주린 딩고(Dingo)들 같다. 눈을 부라리고 서서 녀석들이 사라지는 광경을 지켜보던 그가 달아나는 개들을 향해 힘껏 쇠파이프를 던진다.

시야에서 개들이 모두 사라진 것을 확인한 후 그는 탁탁 손바닥의 쇳가루를 털어낸다. 비릿한 쇳가루의 역한 냄새를 맡으며 자동게라지문을 열어 제친다. 게라지 안으로 따라 들어온 버진 녀석은 영문을 모르겠다는 표정으로 아쉽다는 듯 낑낑거리며 꼬리를 살랑댄다. 짐승이 뭘 안다고. 하지만 버진의 뒤꽁무니에서 털을 타고 흘러내리는 피를 본 그는 집 안으로 데리고 들어가려던 생각을 접는다.

"아냐, 너도 벌을 좀 받아야 돼. 네게 달려드는 녀석들도 나쁘지만 너도."

그는 자신의 마음이 약해질까 바짝 다잡으며 중얼댄다. 전등이 망가진 게라지의 어둑한 구석을 살피던 그가 평소 유틸리티 트럭에 사용하던 긴 밧줄을 집어 든다.

"버진, 너! 벌 좀 서."

버진의 하얀색 목테에 기름투성이 밧줄을 묶는 그의 손놀림이 사뭇 거칠다. 트럭 트레이에 녀석을 단단히 묶은 후 한 손으로 리모컨을 집어 든다. 녀석이 따라 나오려고 낑낑거리며 밧줄을 길게 끌며 달려 나온다. 그가 리모컨 기능의 초고속을 누르자 끼이익, 철문이 우그러지는 소리를 내며 닫혔다. 잰걸음으로 집 안으로 들어가던 그는 작업복 바지에 두 손을 쓱쓱 문지르며 게라지 쪽을 일별한다.

냉장고에서 맥주를 꺼내 성마르게 병마개를 돌린다. 병마개가 양철 소리를 내며 타일 바닥을 굴러갔다. 작업화로 병마개를 밟으며 단숨에 맥주를 벌컥벌컥 들이켠다. 몇 주 전 버진에게 정기백신을 맞히러 A동물병원에 갔었다. 담장을 5미터 높이로 설치하고 난 다음 날이었다. 새파란 단골 수의사가 했던 말이 떠올랐다. 그가 튀긴 침이 아직도 손등에 묻어 있는 것처럼 생생했다.

"새끼를 빼지 않을 계획이면 디섹스를 시켜야죠. 두고 보세요. 피 냄새를 맡은 수캐들이 수십 킬로 거리에서도 쫓아오죠. 개들이 어디 상대를 가려가면서 하나요."

수의사가 말했다.

"그렇지 않아도…… 아니오, 아뇨."

그는 하던 말을 멈추었다. 달포 전 아들 몰래 버진에게 디섹스를 시키려다 실패했던 사건을 실토할 뻔했다.

"수캐가 담장을 뛰어넘는 건 순식간이걸랑요."

의사가 말했다.

"아, 걱정 마오. 장장 5미터 높이의 철판 담장이오. 바닥 또한 도마뱀도 한 마리 못 기어들어오도록 콘크리트를 발라놓았고요."

엄지손가락을 세우며 그가 말했다. 그는 맥주 한 병을 들이키고 잠을 잘 생각이다. 아직도 심장이 뛰었다. 작업복에 감싸인 그의 몸은 바위처럼 딱딱했지만 정신은 예리하게 날이 섰다. 게라지에 갇혀 있을 버진을 생각하자 마음 한구석이 찡했다. 개 짖는 소리가 들렸다. 분명 게라지 쪽에서 나는 소리였다. 그는 벌떡 일어나 문을 박차고 달려 나갔다.

리모컨을 누르자 우그러지는 소리를 내며 철문이 열렸다. 게라지 안을 살피던 그는 눈을 비비며 자신의 귀를 의심했다. 버진이 밧줄을 끌며 따라 나오려고 발버둥을 쳤다. 그가 재차 눈을 비비며 리모컨을 눌러 문을 닫으려다 주춤, 게라지 안으로 되돌아갔다. 공연히 버진의 목테와 밧줄을 한 번 잡아당겨 본다. 밧줄은 단단하게 묶여 있다. 버진의 눈을 쳐다보지 않으려고 고개를 외로 돌렸을 때 밧줄이 놓여 있었던 자리에서 볼펜자루 길이의 갈라진 틈을 발견했다. 그는 한동안 그곳을 뚫어져라 쳐다보다 설마하니, 하고 발로 툭 찼다. 콘크리트 바닥에 부딪힌 발가락 끝이 찌릿했다.

6개월 전이다. 그가 잠을 자려고 막 눈을 감았을 때였다. 현관문 열리는 소리에 눈을 떴다. 옆집 개 젯스타가 우퍼! 우퍼! 우퍼! 자지러지게 짖어대는 소리에 벌떡 일어나 현관으로 뛰어나갔다. 아들의 손에는 파란색 케이지가 들려 있었다. 일하고 있어야 할 아들이 때아닌 대낮에 집 안으로 한 발을 들여놓는 모습에 그는 화들짝 놀랐다. 아들이 007가방 사이즈의 케이지를 바닥에 내려놓았다. 허리를 구부려 케이지에서 강아지를 끌어내는 아들은 버진, 버진, 버진! 연속적으로 외쳤다.

"당장 개새끼 데리고 꺼져!"

그가 소리쳤다.

"헤헤헤 아빠, 넘 귀여워요. 이름도 지었는데. 버진요. 아빠도 한번 불러 봐요. 아빠! 안아보세요."

아들이 말했다.

"……."

아들이 강아지를 그의 품으로 던졌다. 성품이 능글능글한 아들은 그 여름 내내 입이 벌어져 있었다. 버진이 꼬리를 흔들며 아들 품에서 그의 품으로 달싹 안겼다. 길 위에서 지었다는 이름의 강아지 버진은 4주 된 깜둥이였다. 와가와가에서 시드니까지 버진(VIRGIN)회사 항공기로, 그곳에서 같은 회사 항공기로 환승한 녀석이 뉴캐슬에 도착했다. 녀석의 털은 뼈오징어 먹물처럼 새카맸다. 벨벳 같은 털을 손바닥으로 쓰다듬던 순간, 그는 진저리를 치며 하필이면 깜둥이람, 하고 신음을 뱉었다. 기운이 빠졌다. 그러함에도 버진의 무구한 눈은 그를 꼼짝없이 옭아매었다.

텔레비전을 볼 때마다 그는 배꼽 위에 버진을 올려놓았다. 새까만 녀석이 쌕쌕, 배꼽을 간질이며 잘 동안 그는 폭스텔의 코미디프로를 시청했다. 스크린에는 백인, 흑인, 황색인, 갈색인…… 다양한 인종들이 뒤섞여서 희한하게 사람을 웃겼다. 여러 인종들이 섞여 있는 그 자체가 그의 눈에는 희극적이었다. 너무 웃겨서 배를 끌어안았다. 그 바람에 번번이 맥주를 엎질렀다. 쌉쌀한 맥주를 뒤집어쓴 버진이 말뚱하게 눈을 뜨곤 그를 빤히 쳐다보았다. 그는 개의 털을 만질 때마다 아들 애인의 새카만 피부가 자동으로 떠올랐다.

그는 맥주병마개를 돌린다. 알코올이 마음을 가라앉히기는커녕 오히려 울분만 거품처럼 차올랐다. 어디서부터 잘못된 것인가. 수채화처럼 고요하던 집에 버진이 사은품처럼 끼어들었다. 그가 아침 7시경 750톤급 대형트럭을 회사 차고에 집어넣고 개인용 트럭을 몰고 집에 도착하면 출근 준비로 부산

한 아들과 대면한다. 아래층 아버지와 위층 아들이 고즈넉하게 살고 있는 프레임에 제자리를 찾지 못해 굴러다니는 한 조각의 퍼즐처럼 녀석이 부산을 떨었다. 아래층에서 위층으로 위층에서 아래층으로 녀석이 오르락내리락 뛰어다니는 통에 집안은 갑자기 소란스러워졌다.

버진은 눈부시게 빨리 자랐다. 녀석이 담장 밑을 열정적으로 파헤치기 시작했다. 뼈다귀를 땅에 묻거나 옆집 젯스타에게 수작을 부리기 위해서였다. 상대를 향해 끈질긴 호기심을 발휘하는 개들의 본능이 신기했다. 녀석이 앞발과 주둥이로 땅을 파헤칠 때마다 낮은 담장이 금방이라도 자빠질 것처럼 휘청거렸다.

"스톱 디깅! 스톱 디깅!"

그는 고함을 질러댔다. 버진과 젯스타가 담장을 사이에 두고 낑낑거리며 양쪽에서 땅을 후벼 파는 통에 그의 고함소리는 하루가 다르게 커져갔다. 혀를 끌끌 차며 고개를 흔들며 수시로 구덩이를 막았지만 파헤쳐대는 두 마리의 개들을 당할 재주가 없었다. 밤낮을 가리지 않고, 눈 깜짝할 사이에 파헤쳐 놓았다. 땅만 파는 것도 아니었다. 땅을 파다 담장을 뛰어올라 곡예를 하는 것처럼 키스를 했다.

옆집에는 젯스타의 소유주인 아들의 애인이 살고 있었다.

개든 담장이든 사랑이든 절반의 책임은 분명 그녀에게 있었다. 달포 전이었다. 담장 공사를 하기 전 절반의 비용을 넌지시 물어보았다. 엉덩이를 흔들며 베시시 웃었다.

"시를 쓰거든요."

아들이 끼어들었다.

"뭐? 시?"

그는 귀를 만지며 반문을 했다.

"시를 쓴다고요. 시를!"

아들이 조금 더 목소리를 높였다. 그 바람에 예스냐, 노냐고 그녀를 향해 따져 물어보려던 말을 놓쳐버렸다. 수캐의 주인인 시인은 개들이 갖은 소란을 피워도 아랑곳하지 않았다.

길 건너 사는 백인여자가 현관 벨을 눌렀다. 개들을 야단치는 소리를 들었다고 했다. 그는 말없이 그녀를 쳐다보았다. 운동을 시키면 구덩이 파는 일이 주춤할 것이라며 은근히 잘난 척했다. 평소 커턴 틈으로 두 집, 시인과 그의 집을 간간히 주시하는 여자였다. 유색인종을 낮추어 보는 그녀의 말투가 자존심을 꺾었지만 그녀의 말을 듣기로 했다.

버진을 앞세우고 산책을 나섰다. 비닐봉지를 손바닥에 펴서 똥을 긁어 담을 때면 녀석의 따끈한 내장이 손바닥에 느껴졌다. 녀석이 발랑 뒤집어져 네 다리를 휘저어대며 등짝을 미친 듯이 잔디밭에 비벼댈 때면 개도 간질병이 있나 걱정했다. 집에 돌아가서 인터넷 검색을 해보겠다던 생각은 번번이 실패했다. 돌아오는 길목엔 노상 시인의 쓰레기통이 넘어져 있고 온라인에서 구입한 상품을 벗겨낸 골판지가 흩어져 있었다. 솔라 에너지 기술자인 아들의 수입으론 그녀의 쇼핑을 감당하기도 힘들 것 같았다. 구겨진 표정으로 집 안에 들어가자마자 맥주부터 벌컥거리고 나면 개의 간질이고 뭐고 다 잊어버렸다.

4개월이 되자 버진은 중개 티가 났다. 발랑 뒤집어 누운 녀석의 아랫도리에서 칫솔처럼 촘촘하게 자란 음모를 본 날 아침, 출근 준비하는 아들에게 대고 말했다.

"참말로 디섹스 안 시킬 끼가!"

그는 코미디 프로에서 배운 사투리로 호소력을 가장했다. 서류상 버진의 소유주는 아들이다. 공동으로 보호하고 있긴 하지만 그가 몸값을 지불했고, 이름을 지었고, 내장형 칩에는 아들의 이름과 전화번호와 등록번호가 찍혔다. 하지만 집은 아들과 그의 공동소유가 아닌가. 공동명의로 된 집에서 더불어 개를 돌보고 있는 판국인데, 괘심하기 짝이 없었다.

"안 시킨다니까요. 아빠, 자연의 순리를 왜 역행해요."

아들은 소유주답게 목소리에 힘을 실었다. 아들은 종종 버진의 어미가 살고 있는 곳에 사진과 간단한 리포트를 보냈나.

그는 아빠의 이메일에도 장난삼아 리포트를 던져놓곤 했다. 사진으로 보는 버진은 실물보다 훨씬 더 귀여웠다.

"개는 잘 고르면서 여자 고르는 것은 젬병이야. 하고많은 여자들 중에 하필이면 검둥이람."

버진의 사진을 골똘히 들여다보며 구시렁거렸다. 그는 인공지능이 등장하는 미래공상과학 영화 수십 편을 다운로드 시켜 보았다. 미래공상과학 만화책도 수십 권 읽었다. 영화의 마지막 장면이 끝나고 만화의 마지막 책장을 덮고 나면 달라진 것이 없는 자신이 실망스러웠다. 영화를 보고 만화책을 읽고 나서 공상이 늘어났다. 낮엔 버진의 배가 풍선처럼 부풀어 오르는 환상에 시달렸고, 꿈속에서는 번번이 버진이 새끼를 낳았다. 금간 콘크리트 바닥처럼 마음이 피폐해졌다. 체중이 도망가는 아픔이 몰려왔지만 그는 자신을 억누르는 방법밖에 알지 못했다. 위장이 아팠고, 심장에서 소리가 들릴 때면 깜짝깜짝 놀랐다.

그의 웅크린 모습을 본 아들은 영문 모를 표정을 지었다. 말이라도 걸라치면 출근을 해야 한다면 바삐 위층으로 올라갔다. 계단을 오르다 멈춰 서서 고개를 돌려 소리쳤다.

"아빠, 잠이나 주무세요."

그는 말없이 방으로 들어가 문을 닫았다. 허공을 향해 가운

뎃손가락을 두세 번 찔렀다. 트럭을 몰고 질주하다 보면 자연스럽게 배우게 되는 행동이었다.

아들 몰래 디섹스를 시킬 방법은 없을까? 생각이 그의 머릿속에 달라붙어 있던 날이었다. 그가 퇴근해 들어오는 아침에 시인의 뒷모습을 보았다. 아들의 출근시간이었다. 그는 자동으로 신경이 꼬였다. 화를 억누르며 집으로 들어갔다. 시인이 죽어라고 미웠다. 집 안으로 들어갔지만 뒤집힌 기분이 가라앉을 줄 몰랐다. 동네라도 한 바퀴 돌아오면 화가 좀 가라앉을 것 같았다. 기름내 풍기는 바지와 형광오렌지색 점퍼를 벗어 던지고 세탁해 놓은 바지를 걸치는데 몇 달 새 허리가 한 뼘이나 헐렁해져 있었다.

담배를 물고 현관문을 열고 나가자 그새 애인이 젯스타를 안고 서 있었다. 샴페인칼라의 녀석을 안고 있는 풍경이 그의 눈엔 마치 밤과 낮이 포옹을 하고 있는 것처럼 보였다. 하이! 하고 손을 흔들며 시인이 하얀 이를 드러내며 웃었다. 젯스타가 그를 향해 우퍼! 우퍼! 우퍼! 짖었다. 저 자식이 나를 적으로 생각한단 말이지. 아들에게는 꼬리를 흔들면서. 그는 현관 앞에서 피우던 담배를 밟아 문질러 끄고 하이, 라고 억지로 작게 토하는 소리로 대답했다. 개미 소리처럼 작게. 그렇게 표현하는 것만도 그에게 벅찬 일이었다.

지하에서 금방 캐낸 석탄을 연상케 하는 반짝이는 그녀의 피부는 그가 볼 때마다 조금씩 더 새카매져 있는 것 같았다. 사실 밤에는 밤인지 그녀인지 구별이 되지 않았다. 그녀의 눈만 별똥이 추락하는 순간처럼 반짝거렸다. 그의 속은 순차적으로 새까맣게 타들어가고 있었다. 전날 밤, 트럭을 몰고 100km 거리가 넘는 도시까지 갔다 왔지만 통 잠잘 기분이 아니었다.

그는 지친 발을 끌며 무작정 걸었다. 골목을 한 바퀴 돌아서 마을을 빠져나가 바닷가를 배회했고, 늑골무늬 모래사장을 맨발로 걸으며 거칠게 솟구치는 마린블루 파도를 응시했다. 수평선에 정박한 무역선을 바라보며 다리를 건넜다. 아내가 살아 있던 그 시절에 아들이 어리광을 부리던 때가 떠올랐다. 넋을 놓고 걷는데 다리가 후들거렸다. 눈앞에 보이는 계단에 걸터앉았다. 땅이 기울어진 것처럼 어지러웠다. 머리를 무릎에 파묻고 고요하게 앉아 있었다. 간신히 고개를 들자 디거스란 입간판이 눈을 찔렀다. 갑작스레 목이 마르고 맥주가 당겼다. 클럽 문은 아직 잠겨 있었다. 호주머니 속 스마트폰을 열어 시간을 본 그는 10분을 기다리기로 했다. 그가 담배에 불을 붙여 훅, 연기를 뱉었다.

"디거스가 뭐 하는 곳이죠?"

담배 연기 속에서 출현한 지니(Genie)일까. 한 흑인여자가 그를 향해 이상한 악센트로 물었다.

"뭘 하는 곳이긴요. 보면 몰라요? 맥주 파는 곳이죠."

그가 말했다.

"뭘 파는 곳이냐고 물은 게 아니죠. 왜 디거스라 부르느냐고요?"

여자가 말했다.

"캥거루!"(나는 몰라요)

그는 펄떡 뛰어 오르며 소리쳤다. 그리고 바닥에 담배를 짓이겨 문질렀다. 흑인을 보자 맥주 생각이 싹 가셨다.

다음 날 아침 아들에게 바짝 다가서며 말을 걸었다.

"도대체 전쟁기념 클럽을 왜 디거스(Diggers)라 하지?"

"아, 그거요? 오스트레일리아에서 군인이나 개를 가리키는 슬랭이죠. 판다는 말 몰라요? 군인은 참호를 파고 개는 구멍을 파죠."

아들은 두 팔을 휘저어 땅 파는 흉내를 내며 말했다. 사실 디거스를 물어볼 생각은 없었다. 말을 걸 기회를 찾고 있었다. 시인을 접고 한국 아가씨를 만나라고 충고해줄 참이었다. 수없이 그 대사를 연습해 놓았는데 어처구니없는 말이 입에서 툭 튀어나왔다.

디거스Diggers

"그럼 넌, 애기 피부가 아무래도 상관없는 거냐?"

"우하하하 아빠! 아기? 아기요?"

아들은 환상적으로 웃었다.

"상대를 고를 땐 견적을 잘 뽑아야 해!"

경구를 남긴 사람은 아내였다. 부끄러움이 많던 아내는 돌발사로 멀고먼 세상으로 이주해 버렸다. 그때 아들이 열두 살, 그가 서른아홉이었다. 그는 신이 아내를 잘 돌보고 있을 것이라 믿었다. 인생을 일찍 마감한 아내가 불쌍했는데 지금은 차라리 그녀가 행운이란 생각이 들었다. 이민 왔다고 그렇게 좋아하던 아내는 호주에서 6년 남짓 살다 떠나버렸다.

"아프리카 아가씨를 고르다니!"

스톱 기능이 고장 난 스피커처럼 시도 때도 없이 그 말이 치아 사이로 삐져나왔다. 우리 집엔 충분한 태양광선이 있다는 둥 아내는 아들과 대화를 하면서 은유적인 표현을 즐겼다. 직선적인 그와는 반대 성향인 그녀가 살아 있다면 이럴 땐 어떻게 표현할까.

시인의 집과 그의 집 현관은 정면으로 마주보고 있다. 아들이 시인에게 흥미를 느끼기 시작한 것은 지난여름 그녀가 옆집으로 이사를 오면서부터였다. 그녀는 이사를 오자마자 개부터 사들였다. 테즈매니아섬에서 구입했다는 개를 젯스타라고 부르기 시작했다. 젯스타(JET STAR) 항공기를 타고 왔다며 아들은 시인을 대신해서 자랑했다. 처음으로 아들이 해괴망측하다고 생각했다. 아들이 태어나고 25년간 성장할 동안 상상조차 해보지 않은 단어였다. 아내가 살아 있다면 어떤 생각을 했을까?

그는 아내의 유언장을 아들의 책상 위에 슬그머니 올려놓았다.

'상대를 고를 때 견적을 잘 뽑아라. 아들과 아버지가 집을 공동 소유주로 하라.'

자동차 사고를 당한 아내는 중환자실에서 만 3일 만에 숨이 멎었다. 유언을 받아 적은 사람은 아들이었다. 아니, 스마트폰에 녹음을 했었다. 변호사 앞에서 그가 다시 필사를 했다. 견적을 잘 뽑아라! 그 말이 아들에겐지 자신에겐지 아니면 두 사람 모두에게 한 말인지 알 길이 없어 괴로웠다. 멍한 의문에 빠져 있다가 "아들은 시인을 사랑한다, 시인을!" 하고 외쳤다.

그녀의 다리는 길고 쭉 뻗었다. 표절하자면 '짤방'이다. 얼굴은 망고처럼 작고 눈은 암소를 닮았으며 새끼줄처럼 쫑쫑 꼰 머리는 꼭지에 무청다발처럼 바짝 묶었다. 자분자분 따지고 보면 못생긴 얼굴은 아니다. 아니, 무척 섹시하다. 발코니에 나와 엉덩이를 볼링공처럼 굴리며 노래를 부를 땐 유명 흑인가수를 뺨칠 정도다.

마음을 레이저로 찍어볼 수는 없을까. 아들이 그녀에게 매혹된 근원을 심리학적으로 추측해보던 어느 날 그는 책장을 훑어보았다. 뽀얗게 먼지 덮인 책장에는 아내가 읽던 철학서들이 꼼짝없이 줄지어 있었다. 그의 손가락들이 책등을 더듬어가자 아들이 어릴 때 연주하던 귀여운 실로폰 소리가 들리는 것 같았다. 데이비드 흄, 자크 라캉, 한나 아렌, 폴 사르트르, 지그문트 프로이드, 에리히 프롬, 마지막 악장처럼 그의 손가락이 에리히 프롬을 뽑아 들었다.

『사랑의 기술』

그가 책장을 후루룩 펼치자 사진 한 장이 툭, 바닥으로 추락했다. 그와 아내가 아들을 무릎 사이에 부둥켜안고 찍은 사진이었다. 사진이 끼워져 있는 페이지에는 한낮의 광선처럼 노란 하이라이트가 되어 있었다. 전등을 켜지 않아도 형광줄은 환하게 빛났다. 아내가 읽어주는 책처럼 그의 눈이 활자를 따라 빠르게 따라갔다.

"현대인의 문화는 구매욕에 그 기초를 두고 있다. 물론 상호 모두에게 유리한 거래라는 관념에서다. 상품가치가 시장지향적인 문화 속에서는 인간의 애정관계가 상품 및 노동 시장을 지배하는 것과 동일한 교환방식에 따르더라도 놀랄 일이 없는 것이다. (……) 이처럼 남자 또는 여자는 자신들의 교환가치의 한계를 생각해서 시장에서 살 수 있는 최상의 상대를 발견했다고 느낄 때 사랑을 느낀다. 부동산을 사는 것처럼……"

책에서 잠시 눈을 뗀 그는 아내의 유언을 곰곰이 더듬었다. 피부가 검은 애인과 검은 강아지, 아내는 검은색의 옷을 즐겨 입었고, 그리고 아들을 먹인다며 검정깨나 검정콩을 자주 볶았다. 찹쌀을 불려서 믹서기에 곱게 갈아서 솥에 찔 때면 아내의 이마에 땀방울이 송송 맺혔다. 잘 쪄진 찹쌀덩어리를 뭉칠 때 보았던 목선의 파란 실핏줄이 손에 만져질 듯 생생하다. 고소하게 볶은 흑임자를 분쇄기에 갈아서 잘 쪄진 찹쌀떡을 숟가락으로 한 점 한 점 떼어서 무치다, 까만 떡 조각을 아들의 입 안으로 쏙 밀어 넣어주던 모습이 벽에 걸어놓은 액자처럼 선명하다. 흑임자를 골고루 묻힌 까만 떡을 유리그릇에 새까맣게 담아서 냉동실에 넣고 나면 그녀는 아들을 무릎에 앉히고 블랙 오어 화이트(Black or White) 뮤직 CD를 들었다. 그 외에 특별히 생각나는 것이 없었다. 아니, 더 생각하면 마음에서 피가 흐를 것 같았다. 하긴, 마음의 출혈은 이미 오래전에 시작되었다.

밝은 브르넷까진 바라지 않았다. 브르넷만 되어도 좋을 것 같았다. 시인의 피부는 오롯이 오징어 먹물색이다. 우유가 섞인 초콜릿이 아니었다. 아예 떼까마귀처럼 새카맸다. 하지만 손바닥은 제법 밝지 않은가? 치아는 완전 희고……. 혼자 생각에 빠져 들면 밤처럼 검은 두려움이 몰려왔다.

아내가 떠나고 외출하는 일이 뜸했다. 아니 거의 중단되었다. 권태로웠다. 이민사회란 친구를 만나도 외롭고 안 만나도 외로운 곳이다. 술자리에서 그들이 털어놓는 과거사를 들어주는 것도 지겨웠다. 자칫 아들의 이야기라도 털어놓으면 다음날 눈덩이처럼 불어난 소문이 그의 귀에까지 들어올 것이다. 소설을 써댈 그들이 무서웠다. 아들이 시인을 만난 후 그는 날개를 다친 새처럼 바닥에 쓰러져 있는 기분이다. 그들이 도주를 한 후 인터넷에서 야동을 몇 번 봤다. 곧바로 모니터에 화끈한 쿠키가 줄줄이 달라붙었다. 혼자 몸부림을 치며 비밀을 지키려고 하면 할수록 점점 이상한 인간이 되어갔다. 할 수 없이 누이에게 실토를 하고 말았다.

그는 제철공장에서 철골을 싣고 야간에 먼 도시까지 운송했다. 이민자가 하는 일이 다 그렇지 뭐, 하고 마음을 먹으면 수입이 짭짤한 직업이다. 한국에서 재료금속학을 전공한 그가 호주에서 트럭기사로 일하는 상관관계를 따져보지 않았다. 사람들과 부대끼지 않고 또 혼자 밤길을 자유롭게 질주하는 스릴이 마음에 들었다. 하다 보니 몸도 밤 체질로 바뀌었다. 핸들을 잡고 어두운 고속도로를 질주하고 있으면 거인이 된 착각에 빠졌다. 갑자기 상황이 뒤바뀌었다. 그가 야간에 트럭을 몰고 다니는 시간에 아들과 시인이 같이 있는 상상을 하다 몇 번 큰 사고를 일으킬 뻔했다.

"아들이 시인을 사랑한다고, 사랑해!"

그는 창문을 열고 차창 밖으로 소리를 질렀다. 야간 고속도로는 한 시간이고 두 시간이고 불빛 하나 보이지 않는 곳을 달려야 할 때가 많다. 동화 「임금님 귀는 당나귀 귀」에 나오는 이발사처럼 고속도로에 대놓고 소리를 질러도 달라진 것은 없었다. 집에 돌아와서 고작 아들에게 하는 말이란 바보스러운 말밖에 떠오르지 않았다.

"어릴 때 너는 그렇지 않았는데……."

"아빠, 어릴 때 얘기는 왜 꺼내세요."

아들은 대답했다. 여섯 살 때 이민 온 아들의 얼굴은 한국인이지만 사고는 호주인이 다 되었다.

두 달 전이었다. 버진에게 전신 마취제 주사를 놓다 말고 베트남 출신 여자 수의사가 맨발로 달려 나왔다. 모니터로 수술실 안을 쳐다보다 화들짝 놀랐다. 버진이 죽은 것인가. 의료사고 발생인가. 아들 말대로 디섹스를 시키지 말 걸. 순간 멘붕에 빠졌다. 만약 버진이 죽었다면 아들과는 평생 인연 끝이었다. 그동안 버진을 데리고 가축병원에 들락거린 것은 그였다. 아들은 낮이고 밤이고 시간이 없었다. 낮엔 일을 하고 밤엔 시인과 놀아야 했다.

"버진 아빠! 버진 아빠! 서류상에 아빠로 되어 있는 것 맞죠?"

수의사가 날카롭게 물었다.

"아니라고 할 순 없죠. 현재 손수 키우고 있으니까요. 물론 내장 칩엔 태양 김으로 등록이 되어 있지만요."

그날 디섹스를 하러 가던 가을날 꽤 하늘은 높아 보였다. 회심의 미소를 머금은 채 통쾌한 상상을 하며 한 시간 거리의 외딴 동네의 Q동물병원까지 차동차를 몰고 갔다. 하지만 지독하게 운이 없었다. 그 사건을 생각할 때마다 얼굴이 화끈거린다. 하긴 잘만 했으면 성공을 할 수도 있었다. 간만의 차이로 실패를 한 셈이다.

그까짓 동물 디섹스 하나를 가지고 그렇게 까다롭게 굴건 뭐람. 여전히 그는 디섹스 시술을 하려다 실패한 사건을 이해하기 힘들었다. 규정은 규정이고 상식은 상식인 세상에서 그는 성장했다. 한국에서 대학교육을 받았고 몇 년 동안 대기업에서 일한 경험이 있는 그로서는 버진의 디섹스 실패가 단지 운이 없었다는 생각밖에 들지 않았다. 아내가 저세상으로 간

것도 운이 없는 탓이고, 운이 없는 일이 연쇄적으로 생성되는 나라가 그의 조국이었다.

그는 멍하니 창밖으로 눈을 돌렸다. 알록달록한 새가 그의 시선을 잡아당겼다. 로젤라였다. 까마귀처럼 완전히 검든가, 코카투처럼 완전히 희든가, 까치처럼 흰색 반 검은색 반이든가, 흰색과 검은색, 파랑과 노랑, 연두와 빨강색, 갈색과 분홍으로 뒤덮인 로젤라를 바라보자 기묘한 미적 감각이 솟구쳤다. 스마트폰으로 사진을 찍는 그의 손가락이 미세하게 떨렸다. 빠르게 줌을 맞추고 눌렀다.

갤러리 창을 열고 찍은 사진을 확인하던 그의 동공이 크게 벌어졌다. 사진엔 한 쌍의 로젤라가 다정하게 머리를 맞대고 있었다. 귀신에 홀린 것 같았다. 분명 한 마리를 겨냥해서 사진을 찍었는데, 헛것을 보았단 말인가. 알리바이를 대보려고 머리통을 이리저리 굴려보았지만 기분만 이상했다. 그동안 아들로 인해 스트레스가 쌓였고 또 아들이 시인을 끌고 줄행랑을 친 충격에 빠져 있다곤 하지만 아직 헛것을 볼 정신상태는 아니었다. 황당한 표정에서 깨어나지 못하고 있을 때 그 사진 속의 새들이 다시 날아왔다. 마치 사진을 재현하는 것과 똑같은 모양새로 앉았다. 앉아서 속살이 드러나도록 열정적으로 서로의 몸을 쪼아주고 있다.

자연의 순리대로 짝을 지어 사는 새들의 세계란 다큐멘터리 프로가 떠올랐다. 그는 스마트폰의 계산기를 이리저리 두드려 보며 마이클 잭슨처럼 그녀의 피부 탈색을 하려면 비용이 얼마가 들지 궁금해졌다. 그때 새들이 공중제비를 그리며 하늘을 향해 날아갔다. 그의 몸에서 이상한 전율이 솟구쳤다. 금방이라도 아내가 살아서 돌아올 것 같은 착각이 들었다. 그는 옷장의 문을 활짝 열었다. 아내의 검은색 옷들을 모두 골라 상자에 담았다. 서랍에는 그녀가 즐겨듣던 오래된 CD가 가득했다. 그는 빠르게 옷과 CD를 분리해서 상자에 담았다. 그것들을 어떻게 하겠다는 결정은 차차 하기로 했다. 그때 전화벨이 울렸다. 손에 들고 있던 CD 두 장이 바닥으로 떨어져 한 장이 깨져 박살났다.

"오빠!"

"검다 검어!"

"도대체 무슨 말씀을 하시는 거예요? 잘 안 들려요. 태양이 짝 말인가요? 아, 그 시인요? 얼마나 검은가요? 초콜릿 같은가요?"

"요컨대, 그냥 검다니까."

"우유 탄 초콜릿 말인가요? 그러니까, 브르넷요. 밝은 브르넷요? 짙은 브르넷요?"

"하지만 손바닥과 발바닥은 밝은 편이다."

"속초와 호주 간의 시그널이 안 좋아요. 그러니까 말하자면 짙은 고동색이라고요?"

"떼까마귀 날개 같다니까. 속초 앞바다 오징어 먹물 같다고."

"그러니까, 뼈오징어 먹물 같아요? 아니면 일반 오징어 먹물 같은가요?"

"그렇게 궁금하면 직접 와서 보면 될 것 아니야. 지금은 도주한 상태지만."

"금방 돌아오겠죠."

"혼자 갔으면 돌아왔겠지. 개도 버리고 갔는데, 개뿔. 한 마리는 집 안에, 한 마리는 담장 너머에, 개밥 주는 것만 해도 피곤하다 피곤하다고!"

그는 전화를 끊어버렸다. 티셔츠를 확 움켜쥐었다. 그들은 돌아오지 않을 것이다. 그는 중얼대며 냉장고로 걸어간다. 냉장고 문을 손바닥으로 한 대 때렸다. 거칠게 냉장고에서 맥주를 꺼냈다. 맥주의 병마개를 힘껏 던졌다. 성마르게 맥주를 들이킨다. 입술이 타들어 갈 듯 쓰라렸다.

그는 젯스타를 한 대 갈기듯 팔을 휘둘렀다. 아침저녁으로 뼈다귀와 생닭을 던져 줄 때처럼. 만약 힘없는 짐승이 아니었다면 십중팔구 그는 가해자가 되었을 것이다.

"도주를 할 때 개도 데리고 가야지. 능글능글한 성격은 참을성이 많지 않은가. 내가 심한소리를 한 것도 아니잖아. 어쩌다 보니 나온 한마디를 가지고. 그래도 그렇지 집을 나가다니. 호주사람들을 대놓고 인종 차별하는 악덕한 인간들이라고 욕을 해서 내가 벌을 받는가."

취기가 오르자 치매환자처럼 구시렁거린다. 까맣게 자란 턱수염을 만지자 게라지에 구금된 버진이 기억났다.

일어서려는데 취기가 확, 몰렸다. 접착제를 발라 고정시켜 놓은 몸처럼 꼼짝을 할 수가 없다. 발가락과 손가락만 꼼지락거리다 소파에 길게 쓰려졌다. 방 안은 랩톱에서 흘러나오는 블랙 오어 화이트의 다이내믹한 리듬으로 가득 찼다.

떠오르는 붉은 태양을 등지고 아들이 돌아오고 있었다. 부챗살처럼 비치는 태양의 후광에 눈이 부셨다. 그는 눈꺼풀을 가늘게 줄였다. 역광을 받으며 다가오는 그림자의 실루엣은 둘이 아닌 셋이다. 그는 눈을 비볐다. 햇살은 롱테이크 촬영기법으로 그들에게 포커스를 맞추고 있었다. 그가 몇 걸음 앞으로 다가섰다. 간간히 페이드 아웃되는 실루엣엔 멀대 같은 아들과 시인 그리고 한 난장이가 보였다. 조약돌처럼 유난히 새카맣게 반짝이는 아프리카 여인의 손에 마리오네트 인형처럼 끌려오는 난장이. 그들이 그에게 다가오기까지 약 6분이란 시간이 흘렀다. 난장이는 초등학생 정도의 로봇이었다. 빨강 곱슬머리와 초록색 동공, 밀가루처럼 하얀 소녀. 해맑은 눈빛으로 할아버지, 하고 부를 것 같은 표정을 짓다 그를 향해 우욱, 베너를 토했다. 그리고 무구하게 웃었다. 하얀 베너에는 165개의 다른 언어가 흑임자처럼 새까맣게 적혀 있었다.

'세상에는 다양한 컬러의 피부, 머리카락, 눈동자가 있지만 모두 아름답다.'

그는 벌떡 깨어났다. 재수 없는 꿈이었다. 게라지에 구금된 버진이 걱정되었다. 몇 시간을 곯아떨어진 것인가. 내팽개쳐둔 형광잠바에 팔을 꿰면서 부엌으로 뛰어갔다. 냉동실에서 긴 쇠뼈다귀 두 개를 꺼내 들었다. 한 개는 젯스타 또 한 개는 버진에게 줄 뼈다귀였다.

밖으로 나갔다. 개들이 담장 뒤에 우우 몰려와 있다. 여남은 마리는 족히 되어 보였다. 그는 재빠르게 리모콘을 눌렀다. 게라지 문이 찌그러지는 소리를 내며 열렸다. 분명 어둑한 게라지의 콘크리트 바닥에서 나는 냄새였다. 냄새가 느끼했다. 그는 양쪽에서 필사적으로 파헤친 흙더미와 구멍을 보지 못했다. 구석에서 들리는 버진의 신음소리는 평소와 사뭇 다르게 들렸다. 트럭 뒤로 뛰어가다 밧줄에 발목이 걸렸다. 앞으로 꼬꾸라지면서 트럭의 트레이에 쾅하고 이마를 박았다. 피를 닦으려고 휴지를 찾았다. 고개를 들던 그가 눈을 크게 뜨고 소리쳤다.

"안 돼! 안 돼! 안 된다고……!" ✈

아테네

이제 나의 비밀을 털어놓아도 될 때가 된 것 같다. 어떤 인간이 사사로운 일까지도 비밀에 부치고 싶어한다면 그에게 대고 말해주어야 한다. 비밀을 낚싯바늘에 끼워서 물속 깊숙이 던져놓고 침묵이 입질하길 기다리라고.

아테네

어디서 어떻게 스토리를 시작해야 할까. 다급한 마음에 결말부터 이야기하고 싶지만 그렇게 되면 결국 스토리가 뒤죽박죽이 되어버릴 것이다. 하지만 사건의 순서대로 스토리를 풀어놓게 되면 자칫 또 지루하게 되어버릴지 모른다. 물론 중요한 장면만을 밀도 있게 묘사하는 방식도 생각해볼 수 있다. 그밖에 또 뭐가 있나? 내가 겪은 일이니까 일인칭시점으로 하는 편이 가장 좋다고 생각되지만, 그렇게 쓸 경우 거리를 두어야 할 곳임도 불구하고 자칫 지나친 감정에 빠져버릴 수 있다.

그렇다면 이런 방법은 어떨까? 내가 사건의 시놉시스만 써놓고 살짝 밖으로 나가서 개를 데리고 산책을 하거나 쇼핑을 할 동안, AI(인공지능)가 내 대신 글을 써준다고 가정해보자. 인공지능 앱이 내장된 컴퓨터가 있다면 그도 가능한 일이 아닐까. AI가 나보다 훨씬 감정을 배제한 객관적인 글을 쓰게 되겠지. 지금까지 알려진 바로는 그럴 가능성이 훨씬 높다. 인과관세, 시작과 끝, 원인과 결과를 잘 표현해줄 것이다. 하지만 은밀한 부분에 대해선 어떻게 한단 말인가.

내 희망이 쉽게 성공하길 바란다는 것은 아니지만 그러한 기대 정도는 해볼 수 있는 세상이긴 하다. 만약 내가 찍어놓은 동영상 파일까지 앱에 입력을 시켜주면 AI는 신이 나서 생생한 스토리를 써주지 않겠는가. 동영상 1에는 소년과 소녀가 동영상 2에는 붉게 타오르는 화염이 명확하게 드러날 테니까. 하지만 제우스2)가 동영상에서 빠진 것은 통탄할 일이다.

그러함에도 나는 내가 겪은 사실에다 덧붙여 무엇인가를 설명하고 싶어 안달복달하고 있다. 내 안에서 무엇인가가 터져 나오려고 발버둥친다. 그렇다고 거짓말로 둘러댈 생각은 조금도 없다. 나의 이러한 심정은 단지 조금이나마 더 설득력을 갖춘 스토리를 전하고 싶은 내 욕망 때문이다. 그럼 이제 슬슬 기억을 더듬어서 사건의 출발점에서 스토리를 시작하도록 하자. 까다롭게 굴려면 끝이 없을 테니까. 가장 적절한 지점이 어딘가 판단이 섰다면 시간의 순서대로 스토리를 터뜨리자.

잠깐, 스토리를 출발시키기 전에 굳이 내가 이 스토리를 써야 할 까닭이 무엇인지 알아야 하지 않을까? 하지만 나도 그 이유를 정확하게 모르겠다는 점이다. 물론 모든 일에 까닭은 캐려면 아마도 철학적 담론을 늘어놓는 편이 더 낫겠지만. 인간의 운명과 불행, 고통과 질병, 죽음과 신의 존재, 불안과 자유 등. 만약에 친구가 나와 함께 커피 한 잔을 마시는데도 그 까닭을 묻는다면 나는 그를 멀리할 수밖에 없지 않겠는가. 자칫 경계성 성격장애라고 속으로 욕을 질러버리고 싶어질 게 뻔하다.

이제 나의 비밀을 털어놓아도 될 때가 된 것 같다. 어떤 인간이 사사로운 일까지도 비밀에 부치고 싶어한다면 그에게 대고 말해주어야 한다. 비밀을 낚싯바늘에 끼워서 물속 깊숙이 던져놓고 침묵이 입질하길 기다리라고. 치약을 한가운데부터 짜는 버릇이나 샤워를 하면서 소변을 흘려보내는 습성이라면 비밀로 하는 편도 나쁘지 않다. 그러나 암에 걸려 죽음이 코앞에 들이닥쳤다면 사실을 밝혀야 한다. 당장 병원으로 달려가서 MRI 촬영을 하고 자신의 병을 치료하기 위해 몸의 상태를 샅샅이 의사에게 털어놓아야 한다.

그렇다면 좌우지간 이야기를 시작하자. 토요일이었다. 나는 일요일에 푹 쉴 요량으로 여유 있게 거리로 나섰다. 후배가 부

아테네

려놓고 간 새 상품 정리와 재고 조사, 그리고 일주일 동안의 매출 통계를 내느라 꾸물댄 탓으로 그새 밖은 어둑어둑했다. 구두코가 제대로 잘 보이지 않을 정도인 초저녁 거리를 걷던 나는 숍에서 꽤 떨어진 한 정부주택 옆길에 주차해놓은 자동차를 기억해냈다. 주차할 곳을 찾느라 주변을 몇 바퀴 돌았던 것도 기억났다. 주말이라 거리에 놀고 있는 청소년들이 더러 더러 눈에 띄었다. 까만 머리의 소년이 넘어질 듯 위태위태하게 스케이트보드를 타고 내 앞을 아슬아슬하게 스쳐갔다. 아들의 얼굴이 떠올랐다. 인도에서 자전거나 스케이트보드를 타고 있는 청소년들과 여러 번 부딪칠 뻔했다. 아버지가 집에 곧 돌아간다. 나의 소중한 아들! 나는 으슥한 곳이란 사실도 잊고 잠시 기분 좋게 휘파람을 불러댔다.

이민 1세인 나는 겨우 전문스포츠 숍을 하며 생활을 꾸려가고 있었다. 내가 노력하고 있는 첫 번째 과제는 한국적인 사고 방식을 바꾸어 보려는 점이다. 쉽지는 않지만 나의 모국 국적에 연연하지 않는 것처럼 과거 자국에서 종사했던 직업근성도 버리려고 무척이나 애를 썼다.

"헷 참, 선배님! 이민자는 처음 누구를 만나느냐가 중요하걸랑요. 누구의 조언을 듣고 출발선에서 뛰어나가느냐가 완전 중요한 거라니까요. 헷 참, 현지 사정을 알아먹을 수 있는 이민연령이라고 하는 게 따로 있다니까요. 그러니까, 말하자면 어떻게 현지 사정을 알아들을 수 있느냐 하는 말귀 말입니다."

그 후배 덕택에 스포츠 숍을 열 수 있었다. 이민 3년차인 나는 12년차 후배의 충고를 자주 곱씹었다. 해가 사라진 길거리는 하늘과 땅, 대기의 반향을 받은 사물들이 모두 어둠에 억눌려 있는 것처럼 보였다. 나는 천천히 걸어서 해밀톤스트리트로 접어들었다. 넬슨 에비뉴에서 잠시 멈춰서 한동안 하늘을 올려다보며 망설이다 끝내 약국의 두꺼운 유리문을 밀치고 들어갔다. 안정제 종류인 넴뷰티알을 받아 호주머니 깊숙이 넣었다.

"헷 참! 선배님, 이민자란 그냥 최선을 다해서 민첩하게 사는 것뿐입니다. 당연히 적응기간이란 게 필요하죠. 남의 나라에서 살아가려면 우선 기초적인 훈련부터 해야 하고 무엇보다 사고방식을 바꾸지 않으면 본인이 힘들걸랑요. 사람을 무조건 경계하거나 누구도 믿어선 안 된다거나 이기적이어야 한다는 말과는 다른 맥락에서 말입니다. 헷 참, 자국에서보다는 바짝 더 긴장을 해야 하걸랑요. 호주란 나라가 한국에서 볼 때는 만만하게 보일지 몰라도 고질적인 문제들이 상당히 숨겨져 있걸랑요. 그렇다고 호주가 나쁘다는 이야기는 아니고요."

나는 말이 많은 후배를 생각하며 걸음을 빨리했다. 재게 걸

아테네

어서 자동차 가까이 다가갔다. 으스름한 대기 속에 자동차는 안전하게 서 있었다. 자동차까지 걸어갈 동안 기이하게 으스스한 한기가 돌고 머리카락이 일어섰다. 자동차의 문을 열고 들어가려는데 맞은편 인도에 한 소년이 보였다. 나는 자동차 안으로 들어가자마자 조금 전 약국에서 구입한 알약 두 개를 물과 함께 삼켰다. 아내 몰래 먹는 약은 패닉을 가라앉혀 주는 데 효과가 컸다. 된장국을 먹고 스마트폰으로 포켓몬고 게임을 하고 내가 알아듣지도 못하는 노래를 흥얼대고 있을 아들이 생각났다.

그때 노랑 초승달빛이 얼굴과 핸들 위의 두 손과 내 온몸을 휘감고 있다는 것을 알아차렸다. 막 시동을 걸려다 말고 의자 밑에 숨겨둔 담배를 꺼냈다. 집에 돌아가면 못 피우게 될 담배였다. 불을 붙이려다 말고 고개를 드는데 휘어진 바늘 모양의 달빛이 소년의 얼굴을 덮어씌우고 있었다. 자세히 보자 분명 몇 분 전 스케이트보드를 타고 약국 앞을 지나가던 소년이었다. 소년 옆에는 소녀가 서 있었다. 달빛을 등지고 선 소녀는 가로등 기둥의 그림자에 가려서 그때까지 쉽게 눈에 띄지 않았다.

처음에는 소년을 무심하게 보았는데 찬찬히 보자 동양인의 까만 머리에 달빛이 소담스럽게 비추고 있었다. 소년과 마주선 소녀는 구피[3]처럼 오른발을 스케이트보드에 올린 포즈를 취하고 있었다.

달빛과도 잘 구별되지 않는 그녀의 금발은 그림자까지 흐릿했다. 전직 생활담당 교사의 우려하는 습성이 발동한 탓인지 나도 모르게 스마트폰을 꺼냈다. 동영상을 켠 후 휴지에 구멍을 뚫어 폰을 가렸다. 그러한 무의식적 내 행동은 푸시어[4]가 판을 치는 구역이기 때문이었다. 심지어는 열 살 미만의 아이들도 마약을 들고 거리로 나선다는 이야기를 풍문으로 들었다.

직접 경험한 적은 없지만 그 지역에서라면 충분히 가능한 일일 것 같았다. 시도 때도 없이 사이렌을 울리며 달려오는 경찰 자동차가 사람들에게 암시해주었다. 나는 밀집된 정부 하우스 대단지 근거리에 숍을 낸 일을 끊임없이 후회했다. 담배에 불붙일 생각도 잊고 소년과 소녀만을 뚫어지게 쳐다보았다. 내가 앉아 있는 자동차로부터 대각선으로 10미터 전방에는 조도가 희미한 가로등이 그림자를 뾰족하게 세우고 얼굴을 아래로 숙이고 서 있었다.

두 사람, 소년과 소녀 말이다. 처음에는 친구지간이라 여겼는데, 자세히 보자 둘의 행동에서 묘연한 점이 발견되었다. 두 사람의 그림자가 그 점을 쉽게 설명해주었다. 일반적으로 봤

을 때 친구지간이면 자연스럽게 장난을 치고 서로 쉴 새 없이
조잘거릴 텐데, 두 사람의 행동은 몹시 부자유스럽게 보였다.
나는 내 눈을 의심하며, 손등으로 눈을 비벼보기도 하고 눈을
좀 더 크게 떠보았다.

　미적거리는 소년의 행동이 점점 미세하게 내 눈을 붙들었
다. 그가 왜 초조하게 손을 배배꼬기도 하고 어깨를 움찔거리
며 불안에 떨어대는지, 왜 옆구리에 낀 스케이트보드를 위아
래로 메뚜기처럼 끄덕여대는지, 왜 발을 땅에 비벼대며 몸을
이리저리 뒤트는지, 무엇 때문에 얼어붙은 표정으로 소녀의
말에 귀를 곤추세우고 있는지……, 궁금했다. 멀리 떨어져 있
긴 하지만 소년의 그림자를 보고 어렵지 않게 유추할 수 있었
다.

　더군다나 소년은 수시로 고개를 돌려 주변을 두리번거렸다.
호기심에 잔뜩 빠져 있는 자세 같지만 내 추측엔 옆구리에 끼
고 있는 스케이트보드를 땅에 내리고 금세 도망이라도 칠 기
세였다. 그는 드디어 허리를 굽혀 옆구리의 스케이트보드를
땅에 내리고 그 위에 왼발을 올렸다. 이제 그는 레귤러[5]답게
오른발로 콘크리트 바닥을 박차고 달려가면 그만이었다.

　내 뇌리엔 모든 게 너무나 흥미롭게 유추되었다. 10미터 떨
어진 거리에서 일어나고 있는 일이었으니까. 처음엔 소년에게

시선이 쏠려 금발의 소녀를 자세하게 알아보지 못했지만 달빛이 조금 더 밝아져서 그녀를 더 훤히 비추어주었다. 번번이 숍에 나타나 옷과 스케이트보드와 신발과 모자와 액세서리를 사갔던 소녀가 틀림없었다. 여자용 스케이트보드 아테네6) 브랜드만 사가던 소녀를 확인한 나는 호주 대륙을 발견한 쿡 선장처럼 호기심이 솟구쳤다. 줌을 넓혔다.

스마트폰의 액정에는 가로등이 제우스처럼 그녀를 지켜보고 서 있었다. 영상을 수시로 들여다보며 두 사람의 그림자와 실물을 번갈아 주시했다. 확대한 줌에는 아테네의 마른 몸과 짧은 스커트 아래 보일 듯 말 듯한 엉덩이가 분명하게 드러났다. 그녀는 여전히 오른발을 스케이트보드에 올리고 있었고 방패와 창이 그려진 아테네브랜드 핑크티셔츠를 입고 있었다. 갑자기 달빛이 구름 속으로 들어갔다.

두 사람의 형체가 조금 흐릿해졌다. 가로등 불빛과 그림자가 둘의 모습을 피카소의 추상화처럼 일그러진 입체적 조합을 그려냈다. 둘은 기형동물처럼 움직였다. 그때 갑자기 두 사람의 모습에서 섬뜩한 장면이 연상되었다. 소년의 발밑에서 세상이 갑자기 비틀거리며 흔들릴 것 같았다. 나는 담배에 불을 붙여야겠다고 생각했다. 소녀가 팔을 들자 팔 그림자가 거인의 팔처럼 길게 뻗었다. 그녀가 꽉 움켜쥐고 있는 주먹 안엔

흉기나 폭발물처럼 작용할 물질이 들어있다고 생각되었다. 나는 당장이라도 뛰어가 그 물체를 와락 뺏어버려야 했다.

소년의 차림새는 아주 말쑥했다. 처음 보았을 때 스케이트보드에서 계속 발이 미끄러지는 꼴이 영락없이 지금 막 스케이트보드 타는 법을 배우기 시작한 초보임을 알 수 있었다. 또 보드를 마치 보물처럼 겨드랑이 깊숙이 껴안고 있는 모양새도 마찬가지로 초보들이 보이는 행동이었다. 그가 끼고 있는 스케이트보드는 꽤 고급 브랜드였다. 멀리서 그 브랜드의 로고가 어렴풋이 보였다. 달이 구름 속으로 들어간 탓으로 나는 한동안 그의 얼굴을 제대로 보지 못했는데 가로등빛 아래 희미하게 보이는 그의 머리통은 똑똑해 보였다. 태권도 정도는 배웠을 테고, 누이동생 하나 정도는 있을 것 같았다. 가끔은 남들이 하는 것을 다 따라하고 싶어 하는 호기심이 많은 유형인데 중국인 아니면 한국인 혈통으로 보였다. 나이는 열네 살이나 열다섯 살 정도, 아들 또래였다.

소년은 남들에게 뒤지지 않게 뭐든 다 해주고 싶은 부모 밑에서 풍요하게 자랐을 것이고, 부모들은 자식을 끔찍하게 생각하기 때문에 거실의 수족관처럼 아들을 투명하게 들여다보고 간섭하고 확인하고 싶어할 것이며, 일거수일투족을 주시하는 부모로부터 소년은 자유를 갈망하다가 툭하면 부모와 거래를 트고, 그들은 안 된다고 체머리를 흔들어놓고도 돌아서서 소년의 말을 거절하지 못하고 들어줄 것이라 짐작이 갔다.

그들은 자식의 일이라면 자다가도 벌떡 일어나고, 아무 일도 아닌 것에 깜짝깜짝 놀라며 사소한 일만 생겨도 한숨을 쉬고, 이민 1세대답게 뼈가 부러지도록 일을 해서 소년과 누이동생이 의사나 변호사가 되기를 바라며 그 목표가 이루어진다면 그들의 인생에 더 바랄 것이 없다고 갈망하는 내 주변의 흔한 부모일 것이다.

주택가를 지나다 보면 현관문 밖에 신발을 옹기종기 벗어놓은 것을 가끔 볼 수 있는데 십중팔구 중국인 아니면 한국인이었다. 소년의 집도 그중에 하나일 것이었다. 백인에 비해서 왜소한 체격인 아들의 기를 죽이지 않으려고 옷이며 신발 학용품 그리고 스포츠 용품 등속은 무조건 유명 브랜드로 사준다. 랩톱은 애플을, 신발은 나이키, 티셔츠와 바지는 타임옴므……. 고급 브랜드로 사줄 것이다. 아시안 태를 내지 않으려고 점심도시락은 샌드위치를 넣어주는 부모일 것이다.

그러함에도 막상 본인인 소년은 하루빨리 어른이 되어 부모로부터 자유롭고 싶어하며, 고여 있는 웅덩이처럼 더디게 째깍거리는 시간에 몸을 뒤틀어대며, 날마다 부모가 학교로 픽

아테네

업을 올 때면 친구들의 눈치를 살피며, 가끔은 혼자 길거리를 걸어서 집으로 돌아가는 자유를 갈망하는 눈빛을 반짝거리며, 새삼 신비롭다는 듯 세상을 바라보고, 길거리에서 만나는 친구들에게 혼자 얼마나 고독한 시간을 견디는지 보여주려고 엄숙한 표정을 지어보일 소년은 마치 내 아들을 보는 것만 같았다.

그러나 그때 소년은 퍽 달라보였다. 갑자기 달이 구름을 뚫고 나왔기 때문이었다. 그리고 그사이 아테네가 소년에게 바짝 가까이 붙어선 모습을 볼 수 있었다. 그녀와 소년의 모습은 달빛과 가로등 불빛이 겹쳐서 그림자가 둘이 껴안고 있는 것처럼 보였다. 소년과 그녀 사이에 진행되는 일을 목격한 다음부터 그들에게서 눈을 떼지 못하던 나는, 시동을 걸고 그곳을 떠나면 그만일 쉬운 일을 행동에 옮기지 못했다. 수시로 상황을 확인해가며 찍은 동영상을 어찌할 것이란 생각 같은 것은 하지 않았다.

따라서 나는 동영상을 찍는 사이사이에 조금 전, 20분 전의 일을 계속 추측하였다. 드디어 소년은 바닥에서 튕겨 올린 스케이트보드를 다시 겨드랑이에 꼭 껴안았다. 며칠 전 부모를 졸라서 샀을 DC 브랜드 스케이트보드를 타고 자신이 사는 집에서 꽤 멀리 온 것 같았다. 아테네는 거리를 돌아다니며 누군가를 노리고 있었고 그녀의 차림새로 보아서 상습범이라고 짐작되었다. 그녀는 처음부터 확신에 차서 소년에게 다가갔을 것이다. 한편 소년은 처음 당하는 상황에 두려워서 도망치고 싶으면서도 상대가 같은 또래의 소녀이기 때문에 겉으로는 태연한 체 꾹 참고 마치 그러한 경험이 즐겁다는 듯이 자리를 지켰다. 내 전직 생활담당 교사의 경험으로 미루어 쉽게 짐작할 수 있었다. 무엇보다 10미터 전방에서 벌어지는 일이었고, 설사 경험이 없었다고 하더라도 그 수작의 절차, 수작의 결과가 명료하게 예견되었다. 악착같은 아테네의 행동은 제우스로부터 총애를 독차지할 수 있을 것 같았다. 제우스는 핏줄과 양육이란 줄로 그녀를 당겼다 늘렸다 하며 마리오네트 인형처럼 그녀를 조정할 것이다.

소년은 그때라도 스케이트파크에 가야 한다며 핑계를 들이대고 스케이트보드를 땅에 탁, 하고 떨어뜨리며 왼발을 보드 위에 올리고 오른발로 노를 젓듯 땅바닥을 밀치고 나가면 그만이었다. 40mm 휠이 콘크리트 바닥을 긁으며 굴러가는 소리가 잠시 나겠지만 멀어져가는 소년의 실루엣과 함께 금세 그 소리는 귀청에서 사라질 테니까.

드디어 아테네는 소년의 속을 다 들여다보았다는 듯 미소를 띠고 소년에게 야금야금 가까이 다가갔다. 그녀는 소년의 표정을 살피며 유혹적인 언어를 따발총처럼 쏟아놓았다. 그리고 손이 닿을 듯 가까워진 소년의 손을 만지기 직전이었다. 처음엔 멋쩍어 하던 소년이 호기심에 불타 용감하게 아테네의 손에 있는 것을 덥석 받을지도 모른다는 생각에 마음이 조마조마했다. 나는 입술을 핥으며 카메라의 줌을 조금 크게 잡았다. 그런 일이 일어날 가능성이 내 눈에 충분히 예견되었기 때문이었다. 그리스 신화의 뱀을 부리는 아테네처럼 그녀는 며칠 전 숍에서 뱀의 머리가 그려진 스케이트보드를 사갔다. 알고 보면 그녀는 숍의 단골이었다.

그러나 그때까지 아무런 일이 일어나지 않았기 때문에 더욱 초조해진 나는 자동차 안에 꼼짝하지 않고 기다렸다. 정부주택에는 하나 둘 불이 켜지기도 했다. 나는 흔하지 않은 기회를 잡으려고 카메라의 줌을 반복해서 넓혔다 줄였다 하며 섬세하게 조절을 했다. 조마조마해하며 소년이 아테네의 손에서 그것을 덥석 낚아채 가는 순간을 놓치지 않으려고 바짝 긴장했다. 거푸 마른침을 삼켰다. 그다음에 일어날 일을 추측하기란 식은 죽 먹기일 테니까. 처음 그것을 받아먹을 땐 공짜지만 그다음부터 소년은 꼼짝없이 아테네의 단골이 되어 비싼 지불을 해야 할 테니까. 누구나 다 알고 있는 일이겠지만 그것이 마약의 세계와 마약의 게임[7]이 아니겠는가.

그때 나는 불현듯 소년과 소녀가 진짜로 게임을 하고 있다는 생각이 들었다. 그때까지 내가 보았던 모든 장면들은 내 지나친 추측이 불러온 상상이며 그것은 내가 들이킨 막 출시된 신경안정제 넴뷰티알 때문이라고 의심했다. 그렇지만 내 손바닥에는 그동안 내가 열심히 찍은 동영상이 있었다. 기계는 거짓말을 하지 않을 테니까. 집에 돌아가서 찬찬히 동영상을 감상하면 지금의 바보 같은 상상은 사라지고 기계가 증명해줄 거짓 없는 정확성을 차근차근 뜯어볼 수 있을 것이니까. 기분이 조금 만회되었다.

달은 가느다란 자태로나마 끊임없이 위로 치솟고 있었다. 갑자기 내가 앉아 있는 자동차 안으로 불빛이 확 들이쳤다. 한 사내가 보였다. 주택 창문 앞, 정원의 나무 아래 앉아 있는 사내를 발견했던 것은, 갑자기 정부 하우스에 불이 켜지고 창문으로 불빛이 터져 나왔기 때문이었다. 사내의 피부는 검었다. 그가 이때까지 그곳 나무 아래 앉아 있었다면 사내는 나를 충분히 지켜보았을 수도 있었다. 내가 사내를 쳐다보는 길지 않은 시간에 무슨 일이 그녀와 소년 사이에 일어났는지 모른다. 동영상은 그 부분을 놓쳐버렸다.

사내가 고함을 지르며 나무그늘에서 달려 나왔다. 그가 뛰면서 헉헉대며 숨이 넘어갈 듯 비명을 질렀다. 그의 허리에 달

아테네

린 쇠줄 철거덕거리는 소리가 기이한 공포를 불러일으켰다. 어둠 속에서 들리는 사내의 고함소리와 체인의 소리가 공명 같기도 하고 메아리 같기도 했다.

나는 소년이 위험하다고 판단했다. 그것은 생활담당 지도교사의 몸에 달라붙어 있었던 과거로부터의 습성에서 온 직감이었다. 나는 자동차 문을 박차고 화살처럼 뛰어나갔다. 그 순간 사내가 고개를 돌리고 휙 뒤를 돌아보았다. 소년을 붙잡으려고 달려가던 사내가 발길을 멈칫 한 후 내게로 몸을 틀었다. 그사이에 소년은 스케이트보드를 타고 스포츠카처럼 달아나지 않았을까. 나는 소년이 어떻게 어떤 방법으로 그곳에서 달아날 수 있었는지 보지 못했다. 당연하지만 카메라도 그 모습을 잡지 못했다. 그때 나는 사내를 보며 잔뜩 겁을 먹고 있었으니까.

그가 두 손을 세차게 비벼대며, 잔뜩 찌푸린 표정으로 나를 향해 재게 다가왔다. 그가 입을 실룩거리자 얼굴은 온통 검은 덩어리가 되었다. 나는 심상치 않음을 눈치챘다. 가까이 다가올수록 생김새가 조금씩 달라보였는데, 처음 검은 피부로 보였던 것은 그림자가 아니라 그의 피부를 뒤덮고 있는 타투 때문이었다. 인상을 쓸 때마다 볼이 옆으로 휘어졌다. 그때 거칠게 숨을 내뿜느라 입 안이 벌어졌다. 잇몸이 보였다. 치아는 모두 달아나고 없었다. 순간 그가 다짜고짜 내 멱살을 잡았다. 아니, 멱살이 잡히기 전에 먼저 내 손에 들려 있던 스마트폰이 콘크리트 바닥에 내동댕이쳐졌다. 그의 발에 짓밟힌 기기가 산산조각이 나 흩어졌다. 부서진 액정의 유리조각이 콘크리트 바닥에 벼룩처럼 튀어 올랐다. 무지막지한 사내의 주먹이 한 방 내 얼굴을 강타했다. 무서운 힘이었다. 나는 길바닥에 넘어져 나뒹굴었다. 죽었구나. 내 일생에 처음 경험해보는 마약의 폭력에 나는 곧바로 반쯤 기절을 해버렸다. 가느다란 의식을 뚫고 희미하게 경찰차의 사이렌 소리가 들렸다.

*

"헷 참, 형수님 그들은 끝까지 상대를 추적해서 증거를 인멸하려고 할지도 몰라요. 그러고요, 형수님! 선배님이 뭘 몰라도 너무 몰라요. 헷 참, 호주 정부도 못 막는 일을 왜 선배님이 아는 체를 하고 나서서 사고를 치는지 모르겠어요. 헷 참, 알려고 하면 선배님만 다칩니다. 남의 나라에 왔으면 조용하게 살고 아는 것도 모르고 모르는 것도 모르고 살아야 한다고요 형수님!"

병문안 온 후배는 혼자 지껄였다. 이네는 말이 없었다. 그때 나는 병상에서 잠든 척했지만 사실은 깨어 있었다. 머리의 터진 부분을 어떻게 기웠는지 상처가 욱신거려서 잠이 막 깬 상태였다. 만 이틀 동안 수십 가지 검사와 촬영을 한 후 나는 퇴원을 했다. 집에 가서 결과를 기다리라고 했다. 몸은 아프고 쑤시는 곳이 많았지만 왠지 마음은 깃털처럼 가벼웠다.

그들, 아테네와 제우스가 구속이 되었을 것이란 생각을 하자 어깨가 가벼웠다. 스마트폰의 심카드가 회생되었고 동영상을 지켜본 경찰은 아테네의 얼굴과 그녀가 벌였던 수작을 똑똑히 확인했을 테니까. 제우스를 카메라에 담지 못한 것은 못내 안타까웠지만 아테네를 족치면 금방 밝혀질 일이 아닌가. 나는 그날 전직 생활담당 지도교사답게 정의로운 행동을 했을 뿐이었다. 지방신문을 사서 샅샅이 살피기도 하고 공연히 경찰서 앞을 기웃거려 보기도 했다. 그들은 한동안 조사를 받는 것 같았다. 기계의 특권인 화면에 나타난 사실과 아테네의 고백을 받아내면 제우스를 잡아 구속하는 것은 식은 죽 먹기일 테니까. 나머지는 동영상이 적나라하게 말해줄 테니까.

나는 처음으로 이민자로서 자랑스러운 일을 한 것 같아 저절로 어깨에 힘이 들어갔다. 이제 아들을 잘 키우고 안전하게 된 숍을 운영하며 이민 생활을 잘하면 그만이었다. 거리는 깨끗하게 청소가 되었을 테고 호주에 이민을 온 것이 내 인생의 잘한 선택이란 생각이 들어 회심의 미소를 지었다.

내 기분은 생활담당 지도교사 시절로 돌아간 것 같았다. 지도하던 불량학생들이 반성을 하고 행동에 변화를 보이는 모습에서 큰 보람을 느꼈던 예전으로 돌아간 것 같았다.

여느 토요일처럼 나는 저녁에 숍을 나섰다. 자동차의 시동을 걸면서 지난 토요일이 기억났다. 범죄자가 현장을 돌아보는 심정 같은 걸지도 몰랐다. 사건이 일어났던 그 거리가 기이할 정도로 나를 잡아끌었다. 사실 안전하게 정화가 되었을 거리를 내 눈으로 확인하고 싶었다. 확인도 하기 전에 야릇한 쾌감이 일었다. 거리는 깨끗하게 청소가 되어 있고 스케이트보드나 자전거를 타고 노는 청소년들의 모습이 군데군데 보였다.

어떤 방식이 되었든 내가 세상에 뭔가 도움을 주었다는 자긍심이 내부 깊숙한 곳에서 뜨뜻한 기운을 피웠다. 세상의 한 조각을 바꿔놓았다는 오랜만의 자부심이 나의 심장을 지긋하게 눌렀다. 내가 한 행동이 생활담당 지도교사로 경험한 도덕적 근성이었든 그도 아니라면 조그만 시민의 양심이 되었든 그도 아니면 내 아들을 지켜야 한다는 무의식의 동기였든 나는 선행을 이행했다는 생각에 기분이 좋아졌다. 담배를 한 개비 입에 물고 불을 붙였다. 조만긴 아들을 데리고 거리에 와서 마음껏 스케이트보드를 탈 꿈을 꾸며 천천히 운전을 해서 그 거리로 다가갔다. 기독교방송 라디오에서 이글스의 〈호텔 캘리포니아〉가 흘러나왔다.

'아련한 대마초 냄새가 공기 중에 피어오르고'

처음으로 정부주택밀집단지 근거리에 숍을 낸 것도 몸이 좀 다친 것도 크게 후회되지 않았다. 거리가 말끔하게 변했고 아들이 그 거리에서 마음 놓고 스케이트보드를 탈수 있게 되었고 숍이 안전한 것이 다행이라 여겼다. 해밀톤스트리트를 지나고 넬슨 에비뉴에서부터 주변을 살피기 시작했지만 아테네는 보이지 않았다. 당연하지만 총애하는 딸을 가진 제우스도 없을 터였다. 그 둘은 언제나 마리오네트 인형과 그 줄을 당겼다 놓았다 하는 조정자로의 관계로 존재할 테니까. 나는 우쭐해져서 가볍게 휘파람을 불었다.

그다음 주 나는 방학을 맞은 아들을 자동차에 태웠다. 토요일 오후였다. 아들이 재고조사를 도와준 덕택에 아직 거리는 환했다. 나는 아들과 한동안 스케이트보드를 타며 정부주택밀집단지 거리에서 신나게 놀 수 있었다. 아들에게 지지 않으려고 열심히 왼발을 스케이트보드에 올리고 오른발로 땅을 박차고 돌았다.

잠깐 사이에 거리는 어둑어둑해졌다. 나는 아들을 채근해

자동차에 태웠다. 단지를 돌아 나오는데 무의식적으로 내 눈을 잡아끄는 끈끈한 에너지가 느껴졌다. 나는 나를 믿지 못해서 눈을 비볐다. 아테네였다. 거기서 다른 소년과 실랑이를 벌이고 있었다. 잘못 본 것인가 하고 고개를 몇 번 흔들었다. 다시 보았다. 분명 아테네였다. 나는 자동차 창문을 내리고 그녀가 수작을 부리고 있는 소년과 그녀를 한 프레임에 넣고 사진을 찍었다. 그리고 나는 재빨리 자동차를 몰고 그곳을 빠져나왔다. 뒤를 돌아보지 않았다. 어디선가 제우스가 뒤쫓아 오는 것 같아 온몸에 소름이 돋았다.

경찰의 신고를 받은 것은 자정을 막 넘어가는 시간이었다. 그 와중에서도 아들의 방문을 힘껏 열어보았지만 세상모르고 깊이 잠들어 있었다. 꿈을 꾸는지 중얼거리며 헛손질까지 했다. 아내와 나는 파자마 바람으로 자동차에 올라탔다.

숍에 도착할 무렵 소방차가 내 자동차 뒤에서 요란한 소리를 내지르며 달려왔다. 나는 급히 길을 비켜주었다. 숍 앞에는 이미 도착한 소방차가 물총을 쏘아서 열심히 불길을 잡는 광경이 보였다. 소방차 일곱 대가 점령한 도로는 물바다였다. 화마는 단층 슬레이트지붕을 뚫고 멋지게 타오르고 있었다. 아마도 지금 짐작컨대 보름달이 신나게 불구경을 하고 있었을 것 같기도 했다.

"껄 껄 껄."

내가 소리 내어 웃었다.

"당신 미쳤어요?"

아내가 내 옆구리를 쿡 쿡 찔렀다.

"왜! 이민자는 웃는 것도 마음대로 못하는 거요?"

"누가 어디 웃지 말랬어요? 웃으려면 이렇게 웃어요! 이렇게, 이렇게!"

아내가 흰 눈자위를 뒤집어서 헤실, 헤실 웃는 시범을 보여 주었다. 웃음이 싹 달아났다. 오싹했다.

실성한 것처럼 웃어도 모자랄 판에 뭐가 좋아서 껄껄대며 웃느냐는 아내의 핀잔을 듣고 웃음을 거둔 나는 주머니에서 스마트폰을 꺼냈다. 불길에 휩싸인 가게의 사진을 찍기 시작했다. 한참을 신명나게 찍다 보니 눈물이 흘렀다. 눈물이 연기 때문인지 불구경 때문인지 그도 저도 아니라면 그렇게 못마땅해 하던 숍이 근거리 마약 아지트에서 사라지는 것이 후련해서인지 알 수 없었다. ✻

주 2) 그리스 신화에 나오는 올림포스 산의 주신.
주 3) 구피는 오른발을 스케이트보드에 올리고 왼발로 땅바닥을 밀면서 타는 것을 말한다.
주 4) 푸시어((pusher) : 마약 딜러를 지칭한다.
주 5) 레귤러는 왼발을 스케이트보드에 올리고 오른발로 땅을 밀며 타는 것을 말한다.

주 6) 그리스 신화에 등장하는 제우스의 딸.
주 7) 첫 번째는 공짜이고 그다음부터는 비싼 금액을 지불해야 한다.

비둘기 눈

비둘기를 그리리라. 붓으로 바위를 깎듯이. 그리고 설령 생명 가진 모든 것들이 환생의 고리에 묶여 있다 치더라도 다시 생명 가진 것으로 태어나고 싶지 않다. 업의 순환을 믿건 안 믿건 그런 것은 이미 내게 그다지 중요한 문제가 아니다.

비둘기 눈

시골 모텔에 숨어들었다. 개와 닭 토끼와 새 돼지와 염소 등속의 짐승을 가둔 케이지가 다닥다닥 붙어 있는 마당을 가로지르자 리셉션이 나타났다. 허름한 지갑들을 열고 숙박비를 따로 따로 지불하는 여자와 나에게 스킨헤드 주인 사내가 한 말쓤 던지려다 입을 닥쳤다. 룸 키를 여자의 손에 던지던 사내의 눈길이 나를 향해 쏘았다.

"코너 룸이야!"

사내가 던진 말의 의미를 몰라서 한동안 그의 눈만 쳐다보고 있었다. 고개를 푹 숙이고 생각에 잠긴 채 코너에 위치한 방문 앞에 닿이시야 사내가 그냥 뱉어본 밀이란 것을 알았다.

인생의 코너도 사내의 말처럼 낌새도 알아채지 못하는 사이에 찾아왔다. 미리 통지하고 찾아오는 불운은 없는 법이다.

여자는 미친 듯이 욕실부터 달려들어 갔다. 더블베드 위에 널브러진 여자와 나의 낡은 가방 두 개를 응시하며 샤워기의 물 떨어지는 소리에 쫑긋 귀를 세웠다. 방 안의 사물들이 악어의 아가리처럼 벌어진 여자의 가방 속으로 빨려들어갈 것만 같다.

늦여름의 태양은 잘 벼려진 식칼처럼 모텔의 구석구석을 얇게 찔러댄다. 손목을 눕혀 시간을 보았다. 밖이 어둑해지면 혼자서 저녁을 먹으러 나갈 계획이다. 여자에겐 아직 그 말을 하지 않았다.

창가로 다가갔다. 블라인드 사이로 훔쳐보는 바깥 풍경이래야 케이지 안에서 버둥대며 바깥세계를 탐색하는 짐승들의 퀭한 눈알뿐이다. 그나마 잠시 옥상으로 도망갔던 비둘기 떼들이 땅바닥에 내려와 콘크리트 바닥을 쪼아댄다. 비둘기의 눈이 씨앗처럼 살아서 주변을 두리번거리고 있다. 비둘기 떼를 보는 순간, 이마에 굵고 뜨끈한 땀방울이 맺히기 시작했다. 비산을 삼킨 것처럼 가슴이 답답해 왔다.

그때 빨간 승용차 한 대가 풍뎅이처럼 주차장에 들어섰다. 동양여자와 여아가 자동차에서 게워지는 분비물처럼 튀어나왔다. 여아를 안은 여자는 하필이면 바로 옆방으로 들어갔다. 온몸의 촉각이 날을 세우고 신경을 찔러댄다. 멈춰 있던 기계가 갑자기 작동을 시작한 것처럼 두 톱니가 빠르게 튀며 기억이 파편처럼 날아올랐다. 움찔움찔 팔을 떨어가며 승용차에서 게워진 것 같은 근육질의 백인남자를 시선의 사각지대까지 따라갔다. 겨울잠에서 깨어난 뇌처럼 기억이 숨 가쁘게 움직이기 시작했다.

빠르게 손을 놀려 카키색 천 가방의 지퍼를 열고 사등분으로 착착 접힌 종이를 꺼냈다. 나달하게 닳은 부위마다 유리테이프로 땜질이 되어 있다. 흰색 아트지에 그린 감옥에서 시드니까지 가는 지도 겸 안내정보다. 그림물감이 덕지덕지 발라진 종이는 지저분한 줄과 글씨들로 마치 굳은 피로 얼룩진 것처럼 보인다. 종이를 들고 침대에 엉덩이를 걸쳤다. 이곳까지 오는 동안 버스 옆자리에 앉아 지껄여대는 여자의 말을 듣고 몇 군데 볼펜으로 수정한 부분을 유심히 보던 나는 고개를 갸웃거린다. 이상한 일은 내가 나 자신을 살해자라고 생각하기는커녕 오히려 전혀 그 반대라고 확신하고 있었다. 팔을 떨자 지도가 바닥에 떨어졌다.

내일 아침은 날이 밝기 전에 모텔을 빠져나갈 테다. 맥도널드에서 아침을 해결하고 동물원에 가서 절장에 산힌 심승들을

비둘기 눈

173

구경하며 이곳저곳 배회하다 보면 시간은 흐를 테고 오후 4시 55분발 기차를 타면 새벽에는 시드니에 도착하게 될 것이다. 달리 방법이 없다. 만약 오늘 저녁 스테이크를 먹는다면 하룻밤 자는 새에 빡빡 깎은 백발이 1mm쯤 자라줄지도.

비둘기 한 마리를 완전하게 그린 날 푹 자고 일어났을 때 백발이 되어 있었다면 누가 내 말을 믿겠는가? 제길, 비둘기 형상이, 아니 눈이 살아날 때까지 누군가 먼저 깨우친 자가 공수한 수만 장의 아트지와 물감을 작살낼 동안 세어가는 머리칼을 의식하지 못했던 것일 뿐이다. 굳이 누구에게 말로 설명을 덧붙여야 할 필요는 없다. 씨앗 같은 비둘기 눈이 살아날 때까지 내가 내 안에 완벽하게 수형되어 내부에 갇혀버렸던 일을.

리허설을 하듯 혼자 중얼거리며 화장대 거울에 비친 내 몸을 한동안 쳐다본다. 몸속에 깊이 침잠된 때를 뺄 수 있다면 좋을 텐데. 온천이 있는 도시에 잠시 하차해서 뜨거운 물에 몸을 푹 담근 후 다시 그곳에서 그다음 날 밤기차를 타도 된다는 경로에 대해선 여자가 떠들어댔다.

"새털같이 많은 날 중에서 고작 하루가 지연될 뿐이야."

그렇다면 여자도 시드니를 갈 모양인데⋯⋯. 나는 예전의 그 집에 가볼 것이다. 오페라 하우스가 있는 시드니란 도시의 라켐바란 동네에 가서 분명히 확인해야 할 일이 남아 있다. 천

천히…… 서두를 건 없어. 개뿔, 갈 곳도 기다리는 사람도 없
잖아.

　마음은 여전히 철창에 갇힌 느낌이다. 화장대 의자를 테라
스로 끌어냈다. 방으로 되돌아가 가방의 담배를 꺼내며 샤워
실을 한 번 주시했다. 갑자기 담배 연기가 마리화나처럼 맵게
느껴졌다. 버스에서 줄창 참았던 니코틴을 빨아들이자 머릿속
이 빙글 돈다. 그때 욕실에서 나오는 여자의 알몸이 화장대 거
울에 비쳤다. 물기 먹은 갈색 피부에 줄무늬 햇살이 아른거린
다. 여자의 벗은 몸이 묘한 회한을 불러일으켰다. 제기랄, 나
는 아직 저 동남아 여자의 국적도 이름도 모르잖아. 이곳으로
오는 버스 안에서 쉬지 않고 떠들어댔지만 서로의 개인사는
한마디도 없었다. 그것이 형무소의 문화다. 들은 바에 의하면
출소자들은 자유의 몸이 된 후에도 한동안은 형무소 안에서
배운 제3의 언어로만 지껄이고, 일반인을 슬슬 피하게 되고
더구나 일반인 앞에 서면 말을 입 안에 넣고 얼버무리게 된다
지 않는가.

　죄수들만의 전용 자건(Jargon)으로 여자가 떠벌여댈 때 버스
기사가 연신 고개를 돌려 그녀를 흘끔거렸다. 그래봤자, 그녀
나 나나 영어가 짧긴 마찬가지다. 그래서 백인기사의 귀에 투
박하게 들렸을 것이다. 그녀의 영어가 나보다 더 어눌하다는

생각이 들었다. 불확실한 발음으로 간단한 단어만으로 동양인 남녀가 지껄여댈 때 백인기사의 귀가 꽤나 불편했겠지.

온몸을 이리저리 비틀어본다. 얼마만큼 시간이 지나야 내가 자유롭게 되었다는 실감을 하게 될까. 말린 생선껍질을 뒤집어 입은 것처럼 마음은 아직 부자유스러울 뿐이다. 여자와 접촉을 하는 상상을 해보지만 것도 부자유스럽게 느껴진다. 힐끔거리며 따져본 여자의 몸은 혐오감을 일으키지는 않는다. 깡마른 몸과 처진 가슴, 얄팍한 여자의 엉덩이……. 도대체 저 여자는 몇 살이나 먹었을까?

제길, 여자를 만난 것은 오늘 이른 아침이었다. 형무소 앞 버스정류장에서, 출감한 여자가 가까이 다가와 간죽간죽 말을 걸었다. 하긴 버스정류장엔 여자와 나 외에 사람이라곤 없었다. 약 한 시간 동안, 그녀가 조잘댄 내용으로 짐작했을 때 여자도 갈 곳이 없어 보이긴 마찬가지였다. 그래서 내가 타는 버스에 무작정 타고 말았을까. 실은 수천 마디 떠들어댄 여자의 말 중에서 딱 부러진 말은 한마디도 없었다. 하지만 나는 여자가 옆에서 지껄여주는 게 여간 고마운 게 아니었다. 도대체 얼마 만에 들어본 여자의 생목소리인가. 물론 노랑머리 사회봉사자들을 더러더러 만났고 또 한 번 외부로 나갔던 적도 있었다. 그때를 제외한다면 꼭 15년 만에 열린 세상에 발바닥을 딛는 셈이다.

그나마 여자가 내가 감옥 외부로 나왔다는 사실을 잠시, 잠시 일깨워주었다. 자유의 몸이 되었지만 줄곧 따라붙는 공포심과 불안함의 정체는 알 것 같으면서 정말 알 수 없었다. 여자가 제법 헤실헤실 웃어가며 숨도 쉬지 않고 지껄일 때 내가 애써 맞장구를 쳐준 뜻은 그녀가 혹시 지껄이지 않게 될까봐 겁나서였다. 해봐야 형무소에서 일어났던 에피소드와 교도관들을 향한 말도 안 되는 허섭스레기 같은 욕들이었지만.

여자가 화장대 거울에 바싹 다가서서 꽃무늬 팬티를 당겨 올리고 있다. 묵직한 자극이 탱탱하게 일어섰다. 일어나 샤워를 하고 싶지만 빨던 담배를 좀 더 즐기고 싶다.

여자와는 아무런 이해관계에도 얽히지 말자. 골치 아픈 일을 만들어 뭐하겠는가. 내 인생에 복병처럼 갑작스레 덮쳤던 사건들이 꼭 여자들 때문만은 아니었다. 하지만 내 신경은 온통 라켐바의 그 여자에게 붙들려 있다.

감옥 안에서는 꾹 접어 두었던 그 생각, 물론 처음부터 그럴 수 있었던 것은 아니었다. 얼마만큼의 시간이 걸렸던가? 진공 팩에 그 사건을 담아 눌러둘 수 있을 지경까지. 아무 종이에나 비둘기를 그리기 시작한 후 그리고 비둘기의 눈을 살려서 그려 넣을 동안. 처음 붓을 손에 들었을 땐 붓이 아니라 내 손목

비둘기 눈

이 끊어진 동맥에서 피를 뿜듯 튀어올랐다.

150마리의 비둘기를 살리면서 분노의 기억은 서서히 통제되었다. 카르마를 세척하는 것도 순서가 있고, 악운은 카르마를 소멸하기 위한 시간과 고통을 한 치의 오차도 없이 나에게 요구했다. 내 인생에 해일처럼 불어 닥쳤던 첫 번째와 그리고 연이어 닥쳤던 사건. 지금 돌아보면 그 둘의 고리가 우연한 일이 아니라 필연처럼 한 원의 테두리를 돌았다.

하지만 지금은 상황이 달라졌다. 시드니 라켐바에서부터 내 인생은 다시 거슬러 올라가야 하고 다시 시작되어야 한다. 파자마를 걸친 여자가 제법 손가지 휘저으며 테라스로 나왔다.

"갓 뎀. 구역질나게 욕조에다 불가사리를 처넣어놓을 게 뭐람."

여자의 손에는 정말 불가사리 한 마리가 들려 있다. 불가사리는 짭짤한 소금기와 따가운 햇살과 심해의 소리가 육중하게 밀려들 것처럼 플라스틱으로 만들었지만 진짜 같아 보인다. 여자가 벌컥 화를 내며 불가사리를 창문 밖으로 휙 던져버렸다. 불가사리는 날아서 동물들 케이지 앞에 뚝 떨어졌다. 나는 여자가 분명 과거에 성폭력에 시달렸을 것이라고 직감했다. 부질없게도 그것은 여자의 몸짓에서 느껴지는 기이한 직감이었다. 여자에게 쏠리는 관심을 자제하며 나는 고개를 들고 길게 담배를 빨았다. 생각이 냄새를 불러온 것일까, 젖은 여자의 머리카락에서 비릿한 미역 냄새가 났다. 여자가 담배를 뚫어지게 쏘아보았다. 나는 한 개비를 꺼내 피우던 담배에 대고 불을 붙였다. 두 개의 손가락을 핀셋처럼 벌려 담배를 받는 여자가 손을 달달 떨었다.

그때 방 안에서 디지털 알람이 울었다. 여자와 나는 동시에 소스라치게 놀랐다. 나는 벌떡 일어섰다. 전날 묵었던 투숙객이 셋업해 놓은 알람을 끄고 돌아와 나는 두 개비째 담배에 불을 붙였다. 방 안은 적당하게 시원한 기온으로 바뀌어 있었다. 갑자기 두 사람의 행동이 우스꽝스러웠다. 여자가 한참을 킬킬거렸다. 나는 담배를 빨며 테라스 철책에 배를 붙였다. 여자는 웬 떡이냐며 내가 앉아 있었던 의자에 엉덩이를 걸쳤다. 그때 옥상의 비둘기들이 바람소리를 내며 일제히 날아올랐다.

비둘기들은 잠을 자러 갈 것이다. 내일 아침이 올 때까진 침묵하고 고독한 호흡을 할 수 있으리라. 무엇보다 씨앗 같은 두 눈을 감고 휴식을 하게 될 것이고 그 둥지는 안전하리라. 비산을 먹고 죽은 150마리의 비둘기 떼! 무지개색으로 반짝이던 털과 날개, 보드랍고 연한 모가지들. 경찰청 옥상의 비둘기 떼가 생생하게 뇌리에 되살아났다. 반짝반짝 빛나던 씨앗 같은 눈일들! 그때 내 나이 야심잔 스물아홉 살이었다..

비둘기 눈

179

2

"부장님, 저는 못합니다."

"그래? 이 일이 얼마나 여론에 노출되어 있는 줄 알고 입을 놀려? 당장 우리의 모가지가 달린 걸 몰라서? 각본대로만 움직이면 된다고 하잖아."

수사부장의 눈이 튀어나올 것 같아 보였다.

"확증이 없잖아요."

"확증, 확증 하지 말고 당장 확증을 만들라고."

수사부장이 눈을 부라리며 다그쳤다.

K는 억울하게 누명을 썼다. K를 간첩으로 지목한 사람은 수사부장이었다. 하지만 설령 조작한 사건이 밝혀진다고 하더라도 부장은 사타구니의 음모 하나도 다치지 않도록 각본이 짜여졌다. K를 간첩으로 각본을 음모·조작하고 사인을 한 사람은 경찰공무원으로 발령 받은 첫 번째 그의 수사일지였다. K가 판결을 받을 동안의 약 1년이란 시간을 잘 견디어 왔던 그는 K가 무기형을 받던 날 급히 검찰청 옥상으로 올라갔다. 그는 두렵고 무서웠다. 그 고통의 근원과 본질을 알 수 없어서 속으로 절규했다.

그는 까마득한 옥상 난간에 걸터앉았다. 11층 높이에서 인간의 모습을 내려다보았다. 개미처럼 미미한 존재들이 걸어가고 있었다. 눈과 코와 입도 보이지 않고 바닥에 납작하게 눌린 작은 곤충들이 기어가는 것 같았다. 그는 그만 고개를 들고 말았다. 혐오스러웠다.

그는 죽은 생선 같은 눈깔을 뜨고서 비둘기들을 지켜보았다. 비둘기들이 콘크리트 바닥을 할 일 없이 쪼아댔다. 비둘기들은 막 잠을 자러 가기 전 마지막 배를 채우기 위해서 씨앗 같은 두 눈을 굴렸다. 그는 호주머니에 손을 넣었다. 바스락거리는 비닐봉지를 꺼냈다. 그는 더 생각하고 싶지 않았다. 겨우 아장아장 걸음을 떼는 딸의 얼굴이 눈앞에 어른거렸다. 아내의 실루엣이 아기 배면에 보였다. 그는 벌떡 일어섰다.

"에라, 모르겠다."

봉지에 든 하얀 가루를 허공에 획 뿌려버렸다. 단호하게! 다시는 끌어 담을 수 없도록. 흰 가루가 바람에 날려서 먼지처럼 흩어졌다. 날아올랐던 흰 가루들이 콘크리트 바닥에 천천히 떨어지는 것을 보지 않으려고 그는 비상계단을 타고 빠르게 검찰청 옥상에서 지상으로 내려갔다.

다음 날 아침 그는 아시아나 기내에 앉아 있었다. 스튜어디스가 아침을 공급하기 전 수레를 끌고 다니며 나누어주는 조간을 집어들었다. 그는 아침을 믹고 신문을 덮어쓰고 삼을 살 생각이었다. 아무런 생각도 떠오르지 않았다.

150여 마리 비둘기 독살. 부검한 비둘기 배에서 비산 검출.

그가 먹고 죽었어야 할 비산을 삼킨 비둘기들이었다. 멀쩡하게 살아 있는 그가 죽은 비둘기 시체들 사진을 보았다. 신문의 일면에 무수하게 죽어 자빠져 있는 비둘기 떼, 그는 재빠르게 읽던 신문을 착착 접어서 잠바 안주머니 깊숙이 집어넣었다. 얼굴에서 굵고 뜨거운 땀방울이 후두둑 떨어졌다.

"승객님, 괜찮으세요?"

스튜어디스가 그를 유심히 살피며 물었다.

칼을 맞았던 남자는 죽지 않고 살아났다. 그는 밤마다 청소 일을 하며 두더지처럼 살고 있었다. 사건이 일어난 것은 밤과 낮을 뒤집어 살아가는 일이 차츰 그의 몸에 익숙해져 갈 무렵이었다. 낮에 잠을 자고 밤에 일을 하면서 살아가자 일반 사람들이 사는 세계에 대한 감각이 급속도록 무디어졌다. 혼자 밥을 먹고 혼자 잠을 자고 혼자 일을 했다. 숨어산다는 어떤 쾌감이 점점 그의 몸과 정신에 달라붙었다. 아니, 마땅히 그렇게 살아야 한다는 운명을 그는 스스로 인정하고 있었다. 그러한 생활이 너무나 당연하고 자연스럽게 받아들여졌다. 숨을 곳이 있고 숨어 살 수 있는 기회가 허락된 것이 죽었던 사람이 다시 숨을 쉬게 된 것처럼이나 그에게 고마웠다.

13번지, 모건 스트리트, 라켐바, NSW.

그날 그를 끌어들인 것은 여느 날과 다른 여자의 비명이었다. 하긴 여아의 울음과 여자의 비명은 김씨로부터 트레이닝을 받던 첫날부터 들렸었다. 여아의 울음과 여자의 비명은 사흘이 멀다 하고 계속되었다. 그가 청소하는 건물보다 약 5, 6미터 낮은 지대의 주택에 그 가족이 살고 있었다. 여아의 울음소리와 여자의 비명을 들을 때면 생살을 자르듯 한국에 두고 온 딸과 아내 생각이 났다. 가족에게 연락을 해서는 안 되는 자신의 처지에도 불구하고 마음은 수시로 급류를 탔다. 청소를 하기 시작한 날로부터 정확하게 17번째 주급을 받던 날이었다. 그는 김씨로부터 받은 돈을 호주머니 깊숙이 찔러 넣었다. 가장 믿는 친구 P의 통장에 불법송금하면 아내에게 갈 수 있는 돈이었다. 그 과정은 머리카락이 일어설 정도로 조심을 해야 했다. K는 무죄로 풀려났고 대신 그는 수배자가 되어 있었다.

그날따라 어린애의 울음소리는 자지러지고 여자가 지르는 비명도 여느 날보다 강파르게 들렸다. 그 집에서 터져 나오는 비명이 닦고 있는 하얀 사기변기조차 헛보이게 만들었다. 귀가 온동 여자의 비명과 여아의 울음소리에 쏠려 있는 탓으로

독한 소독제를 연거푸 카펫 바닥에 엎질렀다. 여자의 비명은 고사하고라도 여아의 숨이 넘어갈 듯 들리는 울음소리는 칼로 심장을 찌르는 것 같아 더 이상 견딘다면 미쳐버릴 것 같았다.

그는 손에 들고 있던 스프레이와 걸레와 고무장갑을 벗어던지고 밖으로 뛰어나갔다. 가까이 다가갈수록 소리는 더 커졌고 그의 마음도 한없이 다급해졌다. 짐작했던 대로 현관문은 반쯤 열린 상태였다. 현관문 안으로 몸을 들여놓자 여자와 여아 그리고 덩치 큰 백인사내가 보였다. 집 안에서는 여자가 식칼을 들고 서 있었다. 여자는 꼬챙이같이 마른 암갈색 피부의 동남아 여자였다.

식탁을 사이에 두고 남자와 여자가 서 있고, 여아는 식칼을 든 엄마의 다리를 붙들고 늘어진 광경을 보는 순간 눈이 멀어버렸다면 누가 믿겠는가? 그에게 그다음의 기억은 없다. 어떻게 행동했고 무엇을 말했는지 기억을 할 수 없다. 기억은 분명이 있지만 설명할 수 없다. 그 기억이란 것은 감각적인 부분의 일부 그것도 은밀하게 남아 있다고 해야 할 일이다. 그 은밀한 감각을 설명하는 일은 수사의 증거로 들어갈 수 없는 것이었다. 설명할 수 있는 것은 감각뿐이었고 그 감각인 살기! 살기를 설명했지만 수사의 증거론 아무런 도움이 되지 못했다. 심리적 부검도 그의 기억의 주머니가 풀리지 않는 한 소용이 없었다.

 살기를 설명하지 못했고 살기의 알리바이는 아무것도 대신해주지 못했다. 동영상의 '한동안 멈춤 현상'처럼, 아니 닫혀버린 조개의 입처럼, 뚜껑을 열지 못하는 한 그 정신을 열지 못할 일이었다. 그 집 안을 보는 순간 그가 포착한 살기가 그의 눈이 아니라 정신을 정지시켜 버렸고 비둘기가 날아올랐다. 결국 그의 머릿속에는 비둘기의 환영이 남았을 뿐이다.

 수많은, 150마리 비둘기의 날개. 살기가 비둘기 날개가 되어 눈앞을 가렸다. 그러다 다시 재생된 뇌관에도 한동안 날아가는 비둘기 현상뿐이었다. 그러니까 그의 기억을 총동원해도 설명할 수 없는 알리바이가 삶에 존재했다. 기이한 정신적인 마비가 온 것에 대해서 구치소를 방문한 정신과 의사는 PTSD(외상장애 후 스트레스)로 판정을 내렸다.

 한국인 불법이민자가 필리핀 부인을 성폭행하려다 호주 남편에게 발각되었고, 남편을 찔렀다. 여자를 성폭행하는 현장을 남편이 귀가해서 발견했다. 불법이민자는 피해자의 하우스 옆 건물에서 4개월째 청소를 하고 있었다. 불법이민자가 남편이 부재한 틈을 노려 가택침입을 했고 여자의 옷을 벗기고 강간하려는 순간 마침 귀가하던 남편에게 발각되었다. 그때 가해사는 다급해지자 부엌칼로 피해자의 복부를 찔러서 살해했다.

구치소로 찾아온 영사관 소속 한국인 현지변호사가 들고 온 신문 내용의 줄거리는 대충 그랬다.

만 하루가 지났다. 그다음 날이었다.

이제 살 수 있는 길이 열렸습니다. 선생님. 피해자의 의식이 돌아왔습니다. 식물인간이 될 가능성이 90%라고 하지만 일단 목숨을 건진 것은 선생님에게 유리합니다.

양씨란 성만 아직까지 기억에 남아 있다. 그 한국인 변호사가 접견을 왔지만 그것도 결국 유전무죄 무전유죄, 사건을 딸 기회를 노리고 찾아왔던 모양이었다. 그의 형편이 바닥이란 것을 깜냥 잡은 그는 발길을 돌렸고 대신 파란 눈의 국선변호사가 형식적으로 필요할 때마다 방문했다.

여자는 끝까지 남편의 편에서 알리바이를 조작했다. 날조한 증거서류들은 상당히 효력이 있었다. 한국이든 호주든 수사 과정은 비슷했다. 수사 과정에 대해서라면 그는 너무나 잘 알고 있었지만 그가 가진 힘이 받쳐주지 않았다. 알리바이는 허약했고 그는 기둥이 없었다. 첫째 불법이민자였고 둘째 불법노동자였으며 셋째 자국에서 수배 중인 범법자로 밝혀졌다. K가 무죄로 풀려난 상태라서, 인터폴이 와서 그를 한국으로 송환시킬 것이란 말이 돌았지만 그는 약 1년이란 기간 동안 재

판을 받고 그리고 호주 형무소에 수감이 되었다.

처음엔 시드니 근교에서, 그다음부터 약 1년에 한 번씩 감옥을 옮겼다. 멀리 더 멀리 시골의 오지로 이송되었다. 그때마다 호주의 자연을 호송자동차 차창으로 볼 수 있었다. 오지로 들어갈수록 감옥의 환경도 교도관들도 조금씩이나마 더 친절하고 약간의 인간냄새를 맡을 수도 있었다. 하지만 무전유죄 유전무죄는 자연의 천국처럼 보이는 호주에서도 여전히 유효한 것이었다.

처음 감방에 들어갔던 장면은 아직도 기억이 생생하다. 하루 종일 소리 내어 울기도 하고 수시로 미친 듯이 광분하기도 했다. 무엇보다 눈을 감을 수 없었고 눈을 감으면 더 많은 것이 보였다. 귀를 막았지만 귀에는 더 많은 소리와 말이 들렸다. 그러다 탈진을 하면서 호흡곤란이 왔고 견딜 수 없는 전신의 통증이 찾아왔다.

그 후 악몽을 꾸기 시작하면서 소리가 점점 멎었고 눈을 감으면 아무것도 보이지 않는 검은 어둠뿐이었다. 끊임없이 들리던 소리와 눈을 감으면 더 많이 보였던 무수한 것들은 자신의 내부였다.

밤새 서성거리다, 앉았다가 다시 일어서고 다시 웅크리고 그러나 겨우 깜빡 잠이 든나 싶으면 화들싹 놀라 깨어나는 일

비둘기 눈

이 어땠는지 기억난다. 감옥을 들어갈 때 압수당한 손목시계 며 지갑, 손톱깎이처럼 그는 영원히 햇빛을 보지 못할 거라고 만 생각 들었다. 그러나 점차 그 죽음과 같은 어둠과 공포에서 익숙해지는 것이 인간임을 깨달았다. 하긴, 어떤 의미에선 죽음도 자유를 빼앗긴 것에 비하면 그다지 무섭지 않은 것이었다. 점점 죽는다는 것 자체가 지극히 당연하고 자연스럽단 생각이 들었다.

그는 한 마리 한 마리 비둘기를 환생시키듯 그렸다. 비둘기가 날아갈 것 같다는 말이 그의 귀에 들릴 정도로 정신이 맑아졌다. 외부에서 들어온 신문이나 잡지에서 살아 있는 비둘기를 그리는 무기수란 글씨도 눈으로 읽을 정도가 되었다.

동백이 흐드러지게 핀 한겨울이었다. 그는 약 여섯 시간 호송차에 앉아서 손수건 사이즈의 창문으로 차창 밖의 풍경을 미친 듯이 바라보았다. 자유에 대한 갈급함이 처절하도록 가슴을 때렸다. 자동차는 달려서 시드니의 갤러리에 도착했다. 그때 그는 이미 우수한 수감자로 수갑을 차지 않고 외출을 하는 특혜가 주어졌다. 하지만 호송경찰은 한순간도 그에게 경계를 늦추지 않는다는 것쯤은 가만히 있어도 알 수 있었다.

"엄마, 저기 좀 봐, 비둘기가 살아 있어. 비둘기 눈을 좀 보라니까."

소녀의 머리가 오른쪽에서 왼쪽으로 왼쪽에서 오른쪽으로 짧고 빠르게 움직였다. 열 살 가량 먹은 눈부시게 아름다운 백인 소녀가 그가 그린 비둘기 수채화 앞에서 말했다. 갑자기 엄마가 옆에 없다는 사실을 알아낸 소녀는 어깨를 으쓱하고 엄마에게 쪼르르 달려갔다.

그는 그 순간을 투명하게 기억할 수 있다. 노란 원피스를 입은 어린 소녀의 말소리는 딴 세상에서 들려온 소리처럼 들렸다. 천국이 있다면 사람들이 모두 그렇게 말을 하고 그 소녀처럼 아름답게 생기지 않았을까. 잘 차려입고 잘사는 백인들의 모습이 그의 눈엔 곧 천국처럼 보였다. 그는 그 순간 그 소녀에게 한 마디 인사를 하거나 눈빛이라도 맞출 수 있다면 주저 없이 운명을 바꾸자고 했을 것이다. 딸이 컸으면 그 소녀와 같은 나이가 되어 있을 것이다. 청소를 하면서 몰래 돈을 부치고 선물과 편지를 보내던 것도 수감이 된 후는 끝이었다. 아빠가 호주에서 수감되어 있다는 사실이라도 알게 될까봐 딸의 얼굴을 떠올리는 것도 자제했다. 혀를 깨물고 잊으려고 애를 썼다.

3

욕실로 들어갔다. 샤워를 하려고 옷을 벗는데 타일에 떨어진 여자의 칫솔이 발바닥에 밟혔다. 여자의 칫솔을 주워서 이빨을 닦았다. 가방에 든 칫솔을 꺼내러 다시 방으로 돌아가고 싶지 않았다. 샤워기 물소리가 출소한 실감을 일깨워 주었다. 감옥의 공동 샤워기와는 분명히 물의 급살이 달랐다.

나는 화장대 거울에 비친 타월감은 몸을 일별했다. 그사이 여자는 전등을 끄고 자신의 사이드 테이블에만 반딧불처럼 불이 켜져 있다. 불빛에 내 그림자가 길게 꺾어졌다. 타월을 벗어던지고 몸을 침대에 올리는데 침대가 휘청 흔들렸다.

이제 여자와 섹스를 해야 할 시간이 되었다. 감정을 내 마음대로 어찌해 볼 수 있는 게 아니란 생각이 들었다. 침대의 머리 위에는 조잡한 애보리진 아트 한 점이 여자나 아니면 나의 이마에 떨어져 내릴 것처럼 삐딱하게 걸려 있다. 남녀가 한 침대에 자면서 섹스를 하지 않고 밤을 넘길 자신이 없었다. 생리적인 관성은 아무리 오랜 세월을 건너뛰어도 여전히 작용한다는 사실을 아랫도리가 말해주고 있다. 이왕 맞아야 할 매라면 빨리 맞자는 심정으로 여자를 바라보았다. 여자의 눈빛도 그걸 바라고 있었다. 무슨 의도로 여자가 나와 섹스를 하려고 하는지에 대해선 생각하고 싶지 않았다. 피할 수 없는 일 같았다. 얇은 이불을 들추자 여자의 어쭙잖은 알몸이 드러났다.

"헤이."

"아아이…"

여자가 콧소리를 내며 돌아누웠다. 어쨌든 여자는 벗은 몸이다.

"헤이!"

아까부터 여자에게 물어보려던 말이 지금 막 떠올랐다. 나는 그때서야 여자가 무슨 잘못으로 감옥에 들어갔으며 얼마나 수형생활을 했는지 궁금했다. 하필이면 섹스하기 전에 여자의 전력에 대해서 알고 싶은가. 여자가 달라붙을까봐 경계하는 내 속셈이 좀 마음에 걸리기는 했다. 흔히 동남아 여자들은 접근하기 쉽고, 몇 푼에 쉽게 살 수 있으며 대개 그때그때 쉽게 얻을 수 있는 상대지만 막상 섹스를 하고 나면 끈적끈적 달라붙었다.

"헤이, 헤이"

나는 여자를 불렀다.

"아이……."

콧소리를 내며 고개를 돌려 내 눈을 빤히 쳐다보았다. 그러다 이맛살을 찡그리며 두 손으로 얼굴을 가렸다.

"헤이!"

여자는 꿈쩍도 하지 않는다. 나는 마음이 조금 언짢았다. 여자가 먼저 반응해주기를 그때까지 바라고 있었으니까. 조금 전까지만 해도 여자는 옷을 벗으며 관계를 재촉할 것처럼 행동했다. 그러나 지금 행동을 자제하는 것은 마치 자기가 섹스하는 것을 부끄러워한다는 걸 보여주기라도 하는 꼴이다.

"섹스를 할 생각이 있느냐고?"

내 말에 여자는 그제야 정신 나간 여자처럼 조금 웃었다.

"……."

여자는 입을 반쯤 벌린 채 머리를 끄덕였다. 그리고는 여자는 반듯하게 누운 채 곧 눈을 감았다. 참 시시하다고 생각했다. 그러고도 몇 번 여자를 불러보았다. 그녀가 육감적이기를 바라진 않았다. 그러나 여자는 다시 고개를 돌려 보시시 눈을 뜨고 나를 돌아다보았다. 목 아래 깔린 그녀의 갈색 머리숱이 보였다. 몸이 뜨거워지려면 그 정도면 충분했다.

관계를 하기 전에 잠들어서는 안 된다는 하잘것없는 체면을 이 여자는 국제문화쯤으로 계산한 모양이다. 그건 정말 좀 싱거웠다. 내 쪽이 그녀를 먼저 건드려야 한다고 마음을 꼭 정한 것은 아니었다. 여자가 팔을 당겨서 불을 껐다.

내가 여자의 허리에 손바닥을 갖다댔다. 여자가 화들짝 놀랐다. 여자가 불가사리처럼 흠칫 놀라는 바람에 내가 더 놀라고 말았다. 여자가 얼마나 크게 놀라는지 나는 놀라 손을 뗐다. 뗀 손을 어디에 둘지 몰라 망설이던 나는 이번에 여자의 머리카락에 다시 손을 댔다. 그녀는 이번에도 깜짝 놀란다. 다시 손 둘 곳을 몰라 이번엔 발에 손을 갖다 대려는데 여자가 발딱 일어났다.

손바닥이 닿을 때마다 흠칫흠칫 놀라던 여자가 방 코너에 몸을 말고 어둠 속에 앉아서 빤히 나를 올려다본다. 예상하지 못했던 일에 나는 조금 곤혹스러워졌다. 그림자가 여자가 벌벌 떨고 있음을 말해준다. 에어컨 바람이 여자가 떨 만큼 춥지는 않았다. 나는 마음을 고쳐먹었다.

"헤이, 이제 안 건드릴 테니 돌아와!"

여자의 눈이 어둠 속에서 반짝였다. 나는 할 수 없이 침대에서 내려갔다. 옷을 걸칠 심사였다. 여자가 쪼르르 화장실로 숨어들었다. 나는 바지를 걸치고 한참을 생각했다. 뭣이 단단히 잘못된 것 같은 기분이 들었다. 어찌되었던 나는 여자를 크게 탐할 생각은 애초부터 없었다. 나는 어쭙잖은 여자를 달랠 심사로 욕실 앞까지 다가갔다. 안에서 여자가 흐느끼고 있었다. 흐느낌은 분명 여자였다. 하지만 흐느끼는 소리 말고 다른 소리가 울려서 들렸다. 나는 귀를 욕실의 문에 바짝 붙였다.

벽을 건너온 소리라는 것임을 짐작할 수 있었다. 여자의 비몀과 자지러지게 우는 여아의 소리와 남자가 핏대를 올리는 고함소리가 분절되거나 분쇄기의 곡식이 갈리는 소리처럼 틀

렸기 때문이었다. 모텔의 벽 방과 방 사이에 욕실을 설계했지만 옆방의 소리를 막질 못했다. 라쳄바 동네에 가야 할 이유를 그들이 부추기는 것 같았다. 기억이 되살아나 나는 귀를 막았다.

그 소리를 늘으면서 내가 자유의 몸이 되었다는 실감이 들었고 머리가 명료해졌다. 자유의 몸이 된 것이었다. 나는 단 한 가지만 생각하기 위해서 입을 앙다물었다.

유리문을 열고 테라스로 나갔다. 유리문 닫는 소리가 너무 컸다. 담배에 새로 불을 붙였지만 기분 때문인지 맛이 영 말이 아니다. 벽을 타고 들리는 옆방의 소리가 계속 귀를 자극한다. 물론 숨 막혔던 기억들이 내 머릿속에 선명하게 새겨져 있다.

바깥바람을 쏘이자 더워졌던 몸이 서서히 식어 내린다. 하긴 여자는 성폭행에 시달린 여자가 아닌가. 나는 어느새 단정적으로 여자를 성폭행 피해자로 간주해버렸다. 여자를 건드려 또 다른 카르마의 무게를 만들어 무엇하겠는가. 얼마 지나자 옆방에서 나는 소리도 잠잠해졌다. 담배를 눌러 끄고 방 안으로 들어갔다. 그 새 여자는 침대에 돌아와 잠들어 있었다. 악몽을 꾸는지 이빨을 바작바작 갈고 있다.

여자가 코를 골았다. 나는 그녀의 잠든 얼굴을 멍하니 바라보았다. 깨워볼까 생각도 해보았지만 아무래도 깨어날 것 같지 않다. 내가 자유의 몸이 되었다는 자각이 겨우 여자의 벗은 몸을 보면서 자각되었다가 금방 김이 빠진 셈이다. 조금 흥분했던 마음도 차츰 가라앉았다. 잠이 올 것 같지 않다. 내가 가야 할 길들이 내 머리를 붙들고 놓아주지 않기도 하고, 아까 낮에 차에서 한숨 자두었다.

라쳄바에 가서 내 기억을 작용시켜 볼 테다. 기대하진 않지만 시도는 해보고 싶다. 그곳에서 기억이 성공을 하든지 안 하든지 그것엔 별 관심이 없다. 그다음으로 나는 내 그림이 걸린 갤러리들을 돌아볼 것이다. 그들이 그림에 대해서 무슨 이유를 적어놓았든 그런 것엔 별반 관심이 없다. 그것은 그들의 말장난일 뿐일 테니까. 그냥 내 눈으로 보고 싶은 것이다. 어쩌면 나와 세상에 연결된 유일한 이유, 뭐 그런 것이다. 저 잠든 여자는 어쩌자고 깜짝깜짝 놀라는지 그건 나도 어찌해볼 수 없는 일이다. 무슨 연고로 저 여자는 처음부터 따라붙었는지, 또 섹스를 하겠다고 덤볐는지 도무지 이해하기 힘들고 알 수 없는 일이다.

나는 가방을 챙겼다. 가방이라고 해야 낡은 천 가방 한 개가 전부다. 이번엔 테라스가 아니라 모텔 방문을 열었다. 밖으로 나오려는데 내 몸 하나도 무겁게 느껴졌다. 깃털보다 완전히 가벼워질 때가 언제일지는 모른다. 문틀에서 고개를 돌려 여자를 한 번 쳐다보았다. 여자는 무슨 꿈을 꾸는지 팔을 휘두르며 소리를 친다. 조용히 문을 밀어 닫았다.

비둘기를 그리리라. 붓으로 바위를 깎듯이. 그리고 설령 생명 가진 모든 것들이 환생의 고리에 묶여 있다 치더라도 다시 생명 가진 것으로 태어나고 싶지 않다. 업의 순환을 믿건 안 믿건 그런 것은 이미 내게 그다지 중요한 문제가 아니다. 다만 의식적이든 무의식적이든 내가 선택한 모든 것들은 순환을 통해 다시 내게 돌아온다는 점이다. 모든 행위는 에너지의 힘을 자아내고 그 힘은 똑같은 방식으로 나에게 돌아온다. 내 자아가 어느 때보다 투명해졌다. 이럴 때 노모가 살아 있다면 좋을 텐데. 저 죄를 다 어떻게 받을라꼬, 라고 말하던 그녀는 너무 일찍 세상을 떠났다.

물론 나는 한국으로 돌아가진 않을 터이다. 핏줄이 있고 아내가 있는 그곳으로 갈 생각은 없다. 그것은 내 안의 적으로부터 완전히 자유로울 수 있음을 확인한 다음의 일이다.

감옥에서 내 손가락의 지문이 지워지도록 그린 비둘기는 무섭게 팔려나갔다. 마치 비둘기 그림이 보는 사람으로 하여금 소유를 충동질하는 것처럼 비둘기를 본 인간들은 지갑을 열었다. 가진 자들은 내가 그린 비둘기 그림을 소유하고 그 소유의 대가로 금전을 토해놓을 것이고 그것이 누군가의 생명이 되고 한 술의 밥이 되고 한 가닥의 희망이 될 것이길 바란다. 그뿐이다. 그다음은 생각할 필요가 없다. 부의 분배니 경제 원리니 하는 말이 무슨 의미가 있겠는가. 예술이니, 예술품의 소장이니 하는 것도 먼지 같은 일일 뿐이다. 아무것도 원하지 않는다. 한 가지 유일한 희망이 있다면 다시 생명 있는 것으로 태어나지 않기를 바랄 뿐이다.

그러함에도 나는 생각한다. 좋은 나라에서 태어나 부유하고 잘생기고 그리고 무탈하게 살아가는 그 사람들이 사는 세계가 곧 천국이 아닐까? 좋은 부모를 두었고 좋은 배우자를 만났고 그리고 훌륭한 자식을 둔 선택받은 그들이 사랑하는 방식이 곧 천국이 아닐까? 내가 그렇게 살 수 없다면 그렇다면…… 천국은 그들의 것일 뿐이다. ✈

비둘기 눈

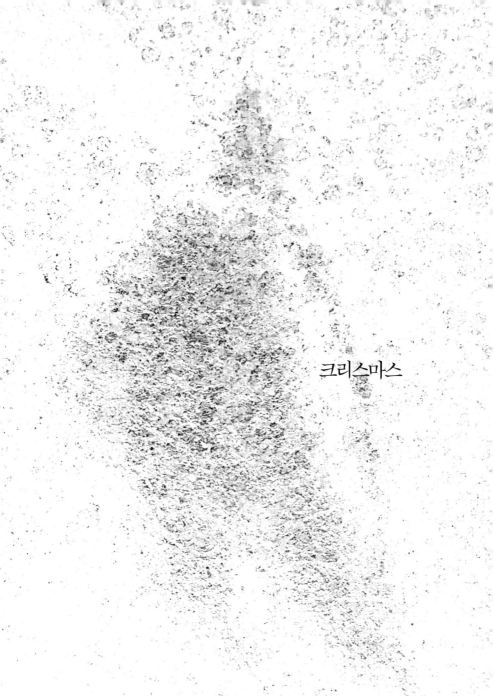

크리스마스

산타가 빨간 모자와 바지를 벗어던지고 김밥을 입에 물고 벼룩처럼 뜨거운 모래사장을 달려가서 바닷물에 풍덩 하고 몸을 던져 넣었다. 그 뒤를 이어서 수녀와 신부, 남자와 여자도 옷을 벗어던지고 캥거루처럼 물을 향해 달려갔다.

크리스마스

여자가 대문으로 달려가 문틈에 눈을 갖다댔다. 건조하고 더운 열기가 훅 하고 여자의 얼굴을 덮쳤다.

"분명 자동차 소리가 들렸는데!"

한 손에 자동대문 리모컨을 들고 산타클로스 무늬 에이프런을 두른 여자가 벤치탑으로 돌아왔다. 벤치탑에는 새우 망고 체리 돼지고기 호박 감자 고구마 닭 소고기 등속의 재료들이 산더미처럼 쌓여 있다.

여자가 노루발을 들고 팬추리 문을 열었다. 크고 작은 접시 각각 여섯 개를 꺼냈다. 벤치탑에 꺼내놓은 접시들이 불이 붙을 것처럼 번쩍거린다.

박싱데이[8] 세일 때 사들이고 한 번도 쓰지 않은 본차이나 디너 세트다. 새벽 2시부터 긴 줄을 서서 기다린 끝에 건진 골드 테두리 안에 붉은 장미 프린트가 있는 디너 세트. 여자가 커다란 박스를 두 팔로 끌어안고 메이드인 차이나가 아니라 메이드인 잉글랜드라며 다급한 목소리로 남자를 몰아붙였던 일이 8년 전이다. 디너 세트는 박싱데이 파격 할인 세일의 마력에 포획되지 않았다면 평생 가도 질러버리지 못했을 거금이었다.

영국 황실에서 사용하는 브랜드라고 하더니, 접시의 장미는 부엌창문의 블라인드를 뚫고 들어온 햇살에 산불처럼 타오른다. 창밖의 나무들은 달아오르는 태양의 위력에 죽은 듯 고요하다. 여자가 절반 그리고 또 절반으로 사과 자르는 소리가 집 안을 가득 채우고 있다.

"무슨 자동차 소리가 났다고?"

개량한복 저고리를 벗어던진 남자가 아일랜드 벤치탑 의자에 엉덩이를 걸치며 대꾸했다. 남자가 딴 맥주병 마개가 타일 바닥에 댕그랑 소리를 내며 굴러가다 크리스마스 추리에 부딪쳐 멈추었다. 추리의 꼬마전구가 불씨처럼 점멸하고 있다.

"자동차 소리가 들렸다니까!"

여자가 칼끝으로 현관문을 찌르며 말했다.

"누가 왔으면 어련히 대문이 열릴까 봐……."

남자는 다시 손잡이가 달린 유리잔에 손을 뻗었다. 맥주병을 기울이자 노란 액체가 거품을 일으키며 쏟아진다.

"호주의 크리스마스는 시원한 맥주 빼고 나면 말짱 꽝이라니까."

"멀쩡한 대문은 도대체 왜 뜯어낸 거예요."

말하는 여자의 눈꼬리가 사납게 올라갔다.

"허리 부러질 것 같다고 할 때는 언제고! 손가락 낄 뻔했다고 협박한 사람은 어디 가셨나요?"

남자가 대문을 쳐다보며 말했다.

"기름칠을 하랬지, 어디 자동대문으로 바꾸랬어요? 크레디트카드까지 긁어대며……."

여자가 껍질 벗긴 사과조각을 소스 팬에 던져 넣었다.

"누굴 놀리는 거요?"

"새벽부터 작작 푸시고 호박이나 좀 자르시죠."

"새벽은 무슨? 벌써 열 시가 지났는데."

남자가 윙크를 하며 여자를 힐끔 쳐다보았다.

"호박은 왜? 오늘이 크리스마스지 어디 할로윈데이인가 뭐? 아야야야."

남자가 중국인 흉내를 내며 엉덩이를 들고 느릿느릿 일어났다.

"살짝 더 작게."

"노랑머리 바깥사돈만 사람인가?"

"에이, 살짝 더 크게."

"알토란 같은 안사돈도 챙겼으니 걱정 놓으시지 그래요. 필리핀 음식은 지조가 없어. 닭이면 닭, 소면 소지, 닭 돼지 소를 한 통에 넣고 볶는 요리는 난생 처음 해보네."

여자가 중얼중얼 말했다.

"그렇게 불평할 거면 안 하면 되잖소."

"에구구 너무 얇잖아요. 살짝 더 두껍게."

남자가 자르고 있는 호박을 응시하던 여자가 손사래를 쳤다.

"잘하는 사람이 하시구려."

"사과 깎고 있는 것 안 보여요?"

"사과는? 돼지고기 구이에 애플소스까지……. 돼지편육에는 보쌈이 제격인데……."

남자가 입맛을 다셨다.

"보쌈? 여기 사람들 한국 음식 좋아한다는 것 말짱 거짓말인 거 몰라요? 쳇, 입술에 침도 안 바르고, 어찌나 달콤하게 말하던지!"

여자가 입을 삐죽 내밀었다.

"그래서, 한국 국적 포기했으면 됐지, 입맛마저 변절하겠단 말이오?"

"사돈이 오시잖아요."

"그래서 코쟁이 바깥사돈 입맛만 맞추면 그만이란 말이오?"

"입국해서 처음 호주 가정에 초대받아 갔을 때 해파리 무침과 뱀장어 구워갔다가 창피 당한 일 기억 안 나요? 잘난 척하느라고 '젤리파쉬'란 말은 왜 꺼내가지고. 그때 사람들이 돼지편육에 사과소스를 싹싹 발라서 어쩌나 맛있게 먹던지! 아직도 생생하네요."

"스태미나란 말에 브루스가 뱀장어 한 점을 삼키고 죽을상했던 것 기억나네."

남자가 도마 위의 덩어리 돼지를 쳐다보며 말했다.

여자가 붓을 들고 올리브유를 바르자 돼지의 껍질이 여자의 둔부처럼 번질거린다. 그 위에 왕소금을 뿌리며 여자가 말했다.

"여보, 크리스마스 추리 한쪽으로 좀 치워줘요."

여자가 트레이에 돼지고기를 담은 후 두꺼운 오븐용 장갑을 꼈다.

"돼지고기를 내리면 되잖소."

크리스마스

"장갑을 또 벗으란 말예요? 그리고 추리가 오븐에 너무 가깝잖아요. 불이라도 붙으면 어쩌려고."

"도무지 순서가 없어! 크리스마스 추리를 식당에 데코레이션한 사람이 누구시더라?"

크리스마스 추리를 식닥 옆으로 옮긴 남자가 벤치탑으로 돌아가서 다시 호박을 토막 내기 시작했다.

"그날 애보리진 사내가 하버브리지에 올라가 누드쇼 한 것 기억나요?"

여자가 두 손바닥을 세우고 오븐의 불을 들여다보며 말했다.

"8년 전 박싱데이 말이오? 누가 노망든 줄 알아요? 그걸 기억 못하게! 경찰이 하버브리지 한가운데 바리케이드를 쳐놓았고, 입을 반쯤 벌린 자동차 트렁크 안에는 디너세트가 밧줄에 아슬아슬 묶여 있고, 경찰이 볼까봐 마음은 조마조마하고, 휘발유는 이미 바닥이 나있고…… 그뿐이었나 뭐, 라디오에선 수백 채의 집이 소실되었다질 않나, 캥거루와 코알라를 구해야 한다고 난리법석을 떨어대질 않나, 그날을 잊기는 좀 힘들지. 5200명이 오페라하우스 계단에서 발가벗은 것은 합법이고 누드쇼는 불법이라고?"

말하는 남자의 이마에 파란 힘줄이 돋았다.

"거룩한 예수님의 탄신일에 무슨 불경스런 표현을 쓰시고 그래요."

여자가 가자미눈으로 남자를 쳐다보았다.

"그러다 사돈 앞에서 또 말실수하려고?"

"좀 더 사실적으로 표현한 것뿐이오."

남자가 벤치탑에 돌아가 의자를 소리 나게 끌어다 앉으며 휴 하고 한숨을 터뜨린다.

"애보리진 남자 하나가 하버브리지에 올라가 누드쇼를 하다 경찰에 끌려갔잖아요."

여자의 고개가 설레발을 쳤다.

"마디그라(Mardi Gras)인지 개뿔인지. 수천 명이 발가벗고 앞으로 자빠지고 뒤로 엎어지고. 처음 본 인간들끼리 생살을 껴안고 난리법석을 떠는 게 합법이란 말이지…… 것도 벌건 대낮에 공공장소에서! 누드사진 찍어 고정관념 깨뜨린다는 발상 팔아먹는 아티스트나 돈 한 푼 안 받고 발가벗겠다고 나서는 인간들이나 모두 썩은 인간들이지."

남자가 맥주를 벌컥 벌컥 들이켰다.

"당신 취했어요? 호주가 자유롭고 평등한 사회라는 메시지를 전 세계에 전달하기 위한 일이라잖아요. 그나저나 그때 하버브리지에 올라간 남자가 뭐라고 외쳤지요."

크리스마스

"기억이 가물가물하네. 메시지는 그럴 듯했던 것 같았는데. 탈옥한 마약 상습범 애보리진이었지 아마."

남자가 아야야야 하고 일어나 냉장고에서 맥주병을 꺼내와 다시 벤치탑 의자에 엉덩이를 걸쳤다.

"호주의 주인은 사만 년을 지켜온 자신들이라고…… 뭐 그랬던 것 같아! 하긴 초창기 백인들이 너무했어. 그렇게 애보리진을 마구 죽여선 안 돼지! 곤충도 아니고 인간에게 살충제처럼 독약을 풀어서 전멸시키려고 했으니! 술이니 마약이니 자살이니…… 지금 애보리진 때문에 정부가 골치를 앓는 건 다 심은 대로 거두고 있는 것 아니겠어? 굴러온 돌이 박힌 돌을 뽑으려고 한 짓거리치곤…… 너무 잔혹했지."

"저고리 입고 있으라고 몇 번이나 말해요."

"더워 죽겠는데."

"사돈이랑 며늘아기가 오잖아요."

"사돈이 뭐 대단한 사람이라고!"

"에어컨을 좀 더 높이든지."

"전기세 올라가는 건 생각 안 하고?"

"고작 열 시간을 날아왔을 뿐인데 섭씨 50도가 넘는 기온에…… 에어컨이라도 있는 숙박을 구했으니 망정이지…… 하필이면 그날 인질극이 벌어질 게 뭐람. 나는 곧장 한국으로 되돌아가고 싶었다니까요. 출국 첫날 총잡이 무장강도를 만날게 뭐예요."

여자가 총 쏘는 시늉을 해보였다.

"크리스마스 이브였지 그날이."

"조용히 해봐요. 무슨 소리 안 났어요? 도착할 시간이 됐는데……."

여자가 말고 있던 김밥에서 손을 떼며 말했다. 여자가 비닐 장갑 한쪽을 벗어던졌다.

"무슨 소리가 났다고, 아예 대문을 열어놓으시든지?"

남자가 통명스럽게 말했다.

"에구머니 벌써 44도를 훌쩍 넘겼네."

여자가 스마트폰 액정을 밀며 말했다.

"해마다 크리스마스가 매번 그랬지 뭐! 산불이나 안 나면 다행이지."

"기억나죠? 그때, 열 명도 넘는 사람들 중에서 파자마라도 걸치고 나온 사람은 우리뿐이었잖아요. 옷 입은 우리가 더 부끄러워했으니까. 나중에 안 일이지만, 이 사람들 잘 때 알몸으로 자는 것 모르고. 모두 섹스를 하다 튀어나왔나 했지 뭐예요. 그나저나 당신은 무슨 심정으로 유방을 가려야겠다며 바디 랭귀지하는 의자에 일씨구나 하고 티셔츠 벗어줬어요'?

크리스마스

기억나죠?"

여자가 쌀쌀맞게 쏘아붙였다.

"내가 언제 그랬다고!"

남자가 멈칫하며 헛기침을 했다.

"잊지 않았거든요."

여자가 돼지고기와 소고기 닭고기 다진 것을 프라이팬에 넣고 볶으며 말했다.

"한겨울에서 한여름으로 날아온 우리 잘못이지, 다 지난 오래된 일을 가지고."

남자가 말을 돌렸다.

"당신 그거 알아요? 음식을 함께 먹으면 정이 든다는 거! 한 집 안에 갇혀 있던 강도들도 시간이 지나면서 인질들과 친밀감을 느낀다나? 처음엔 인질을 경계하다, 음식을 나누어 먹으면서 자연스럽게 가족이라는 감정에 빠져든대요. 그러다 이름이라도 부르기 시작하면 진짜 가족이란 착각에 빠져들고. 그때 이틀 만이었지요? 모텔의 주인 부부와 아들이 인질로 잡혔다가 살아난 게."

"기억이 왔다 갔다 하네."

"그나저나 작작 푸시지. 그러잖아도 호주가 일인당 맥주 소비량이 세계 1위라는데."

남자의 등뒤에서 냉장고의 모터가 지이잉 하고 돌아갔다.

"사돈양반에 비하면 이건 장난이지. 금방이라도 뻥 터질 것 같은 배에 맥주가 술술 들어가더군. 그런데 또 돼지고기 굽는 거야? 돼지에게 돼지를 대접하려고?"

"호주를 대표하는 음식이 피쉬 엔 칩스인가요? 여보!"

"호주의 대표 음식이 어디 있어? 죄수들 주제에 전통음식은 무슨?"

남자가 빈정거렸다.

"자동차 소리 들었죠? 도착할 시간이 지났는데."

그때 스마트폰에서 찌르르 날카로운 소리가 났다. 여자가 스마트폰 액정을 들여다보며 깜짝 놀랐다. 남자와 여자가 동시에 귀를 쫑긋 세웠다. 잠시 침묵이 흘렀다.

"전화를 해보면 되잖소."

"연락이 안 된다고 몇 번을 말해야 알아들어요?"

여자의 손가락이 스마트폰의 액정을 빠르게 밀었다.

"갓뎀, 산불 워닝이잖아."

여자의 표정이 실망으로 돌아섰다.

"설마하니 산불이야 나겠어? 명색이 크리스마슨데."

"아참, 호민이가 호주 노래 하나 연습해 놓으라고 했는데."

"아리랑을 부르면 되잖소."

크리스마스

211

"촌스럽게 아리랑은 무슨 아리랑을"

"한국 사람이 아리랑 안 부르면 뭘 불러요?"

"십 년을 넘게 살았으면 호주 민요 하나 정도는 부를 줄 알아야지요."

"범죄자 식민지에 무슨 민요씩이나."

"월칭 마틸다, 있잖아요."

"그러니까 양을 훔쳐서 배낭에 넣고 달아나다 물에 빠져서 물귀신이 되었다! 그 정도가 민요라고? 역시 죄수들의 피…… 정서가 바닥이라니까!"

"잠깐 잠깐요 월칭 마틸다 영어 스펠이 어떻게 되더라? 아 찾았어요."

여자가 스마트 폰에서 〈Waltzing Matilda〉를 찾아서 켰다.

'너는 절대로 나를 잡을 수 없을 거야!' 그는 말했다.

당신이 빌라봉을 지날 때면

유령이 너의 이름을 부를 거야.

(……)

월칭 마틸다 월칭 마틸다.

여자가 후렴을 따라 부르며 엉덩이를 흔들어 댔다. 안간힘을 다해 웃음을 참으며 남자가 말했다.

"에이 크리스마스날 월친 마틸다는 어울리지도 않는다. 어째 너무 슬프다. 나는 '아 엠 오스트렐리안'이 더 좋더라."

남자가 불그레한 얼굴로 말했다. 여자가 스마트 폰에서 〈I am Australaian〉 곡을 찾아서 켰다.

나는 먼지 일어나는 붉은 땅, 평원의 꿈속에서 왔다.

나는 고대의 정령이고 화염의 수호자이다.

나는 해안 큰 바위 위에 서 있었다.

나는 높은 돛을 세운 배가 해안에 정박하는 것을 보았다.

4만 년 동안 나는 이 땅의 호주인이었다.

"구전에 의하면 호주 대륙에 첫발을 들인 것이 여자라고 하잖아요. 워라무룽운지라든가 뭐라든가. 이름도 길지. 출산을 한 후 뜨거운 모래더미에 들어가서 산후조리를 할 만큼 지혜로웠대요. 대지의 정령과 조상의 신을 불러서 삶의 길을 물었다고 하잖아요. 우리 외할머니와 뭐가 달라요? 그때 나도 호주에 와서 산후조리를 했다면 지금 이렇게 뼛골 쑤시는 일은 없을 텐데."

"6·25 호주 참선용사 추모행사에서 아리랑을 불렀너니 노래 끝나자마자 오지[9]들이 죄다 일어나 부른 노래가 아 엠 오스트렐리안이었던 것 기억 안 나? 그게 그들의 전통 노래라나? 호주 민요라나? 호주 애국가로 선택 안 된 게 천만다행이지. 적어도 가사가 우리 애국가 정도는 돼야지. 권위가 살아 있고 웅장하고."

"그 노래가 '아 엠 오스트렐리안'이었나요?"

"한마디로 호주만큼 세계적인 상놈들이 모인 나라도 없어."

"사돈이 들으면 서운해 하겠어요."

여자가 두꺼운 장갑을 끼고 오븐에서 돼지고기를 끌어냈다. 고기에 젓가락을 찔러 넣으며 말했다.

"안사돈이 그렇게 소리칩디다. 싸울 때!"

남자가 버럭 소리를 질렀다.

"얼씨구! 필리핀은 뭐 어떻고, 귀신 씨나락 까먹는 소리 그만 하라고 하시지?"

여자가 남자보다 한 옥타브 더 소리를 높였다.

"호주의 전통음식 하나쯤은 제대로 배워뒀어야 하는데."

여자가 구시렁거리며 창문을 열다 급히 닫았다.

"날씨가 사람 잡겠어요. 쪄도 너무 쪄요. 여보, 크리스마스 런치를 먹으면서 왜 크리스마스 디너라고 부르는지 알아요?"

"잘난 사돈에게 물어보시구려."

어제 오늘 내일

"크리스마스에 사건이 터지면 왜 사람들은 크게 부풀리는지 모르겠어요."

"것도 사돈에게 물어보시구려."

"디너 테이블 세팅 좀 하실래요?"

"관절 망가진 것 알면서!"

"누가 할 소리! 혼자 망가졌어요? 누가 숍에 불내라고 했어요? 불만 안 났어도 트러커(Trucker)까지는 안 갔죠. 공연히 마약하는 애들 건드려서 멀쩡한 숍 날리고 이제 와서 엄살 부릴 참이에요?"

남자가 끙, 하고 소리를 내며 몸을 천천히 일으켰다.

"그 잘난 노랑머리 바깥사돈이랑 아예 잘 해보시지 그래?"

남자가 시선을 피하며 말을 돌렸다.

"조용히 좀 해봐요. 자동차 소리가 들렸죠. 벌써 열두 시가 지났잖아요."

여자가 귀를 쫑긋 세웠다. 그때 자동차가 대문 앞에 멈추는 소리가 들렸다. 여자가 리모컨을 들고 대문을 향해 뛰어나갔다. 여자의 뒤에서 스마트폰이 울렸다. 여자가 뒤를 돌아보고 계속 대문으로 향했다. 뜨거운 기온이 여자의 정수리를 녹여버릴 것처럼 타올랐다. 여자가 뛰면서 리모컨을 누르자 스르르 대문이 옆으로 미끄러졌다.

크리스마스

대문 앞에는 산타클로스 털모자를 쓴 남자가 웃통을 벗고 서 있었다. 산타의 손에는 선물꾸러미가 들려있다. 여자가 멈칫했다. 실망의 표정이 역력하지만 흘러내린 땀이 여자의 얼굴을 덮어버렸다.

"헬로, 준식 리 댁이죠?"

"그래요."

그때 남자가 뛰어나왔다.

"여보, 못 온데."

"왜요?"

여자가 뜨거운 기운을 이기지 못하고 집 안으로 쪼르르 달려 들어갔다. 남자와 산타가 산토끼 쫓듯 여자의 뒤를 따랐다.

"호민이와 사돈은 산불 진화작업 중이래, 진화가 되면 곧 오겠지 아마도."

집 안으로 들어간 남자가 헉 하고 숨을 몰아쉬며 말했다.

"영웅심리하고는."

남자가 말을 뱉었다.

"헬로!"

그때서야 남자가 여자의 뒤를 따라 들어오는 산타에게 인사했다.

"구다이(Good-day)."

산타가 인사를 받았다.

"아유, 냄새 좋다 음식냄새가 굉장하군요. 크리스마스 디너를 아직 안 하신 모양이죠?"

산타의 말을 자르며 집 안의 불이 꺼져버렸다. 크리스마스 추리의 반짝이 전구들이 꺼지고 냉장고가 끽 하며 멈추었고 에어컨디션이 서버렸다. 벤치탑의 접시들에는 요리가 잘 차려져 있다.

"에구구, 전기가 나갔잖아."

여자가 비명을 질렀다.

"모든 게 산불 때문입니다."

산타가 무심하게 대꾸했다.

"어떻게 하지! 이 음식들을 어떻게 하지! 어떻게 해!"

여자가 신음을 토했다.

"돼지고기에 애플소스, 필리피노 누들과 김밥, 삶은 새우와…… 음! 아주 국제적이군요."

산타가 벤치탑 가득한 음식쟁반을 들여다보며 침을 삼켰다.

"그나저나 이 많은 음식을 누가 다 먹죠? 냉장고도 멈춰버렸는데!"

접시를 들여다보던 산타가 한숨을 폭 쉬었다.

"내가 아이디어를 내도 좋을까요?"

크리스마스

여자가 산타를 쳐다보았다.

"푸른 물이 넘실대는 바다로 갑시다!"

"이 음식들은 다 어떻게 하고요?"

여자가 금방이라도 울음을 터뜨릴 것처럼 말했다.

"거요? 간단합니다. 싸서 바다에 갖고 가면 되죠!"

산타가 호주 대륙을 발견한 캡틴 쿡처럼 외쳤다. 어느새 집 안의 공기가 천천히 더운 열기로 바뀌고 있었다. 여자와 남자 그리고 산타가 음식을 밴에 싣기 시작했다. 남자와 여자, 산타의 얼굴이 불이 붙은 것처럼 벌겋게 달아올랐다. 산타가 밴의 엔진을 켰다.

"잠깐!"

여자가 집 안으로 들어가 쪽지를 들고 나와 대문에 붙였다.

〈호민아 도착하면 노비스 비치로 와!!!〉

밴이 속력을 냈다.

"아이, 시원하다. 이대로 영원히 달리면 좋겠다."

여자가 차 안에서 앞머리를 손으로 쓸어 올리며 표정을 바꾸어 외쳤다.

"어딜 가세요?"

남편이 걱정스럽게 산타에게 물었다.

"허 허 허 바다로 가야겠죠."

어제 오늘 내일

218

웃음을 터뜨리며 산타가 대답했다.

"바다로 가려면 이 길로 가야 하잖소."

남편이 손가락으로 반대방향을 가리켰다.

"아, 알아요, 알고 있어요. 태워가야 할 사람이 있어요."

밴 안에 잠시 침묵이 흘렀다. 밴이 약 반 시간을 달려갈 동안 거리는 죽은 듯 조용했다. 밴의 에어컨디션이 윙 소리를 내면 돌아가고 있었다. 뜨거운 지열이 밴을 아이스크림처럼 녹여버릴 기세다. 매캐한 연기 냄새가 코를 찌르고 부연 하늘에는 산불 진화 헬리콥터의 소리만 요란할 뿐 기체는 보이지 않았다.

"잠시만요."

산타가 안으로 들어가 긴 바지에 와이셔츠를 입은 신부를 데리고 나왔다. 남자와 여자가 노신부에게 눈인사를 했다. 산타가 노신부의 팔을 붙들었다. 족히 여든을 넘겼을 백발의 노신부가 산타의 손길을 완강하게 밀어내며 끙 하고 혼자 밴에 올라탔다.

"더 태우고 갈 사람 없어요?"

산타가 노신부에게 물었다.

"사람들이 집에 없어요. 아침 열 시에 벌써 전기가 나가버렸거든."

크리스마스

신부가 말했다. 밴은 바다를 향해 속력을 냈다.

"잠깐, 아 정말 미안합니다. 성당에 베트남 수녀들이 있어요."

"너무 미안해 할 필요는 없소."

산타가 밴이 왔던 방향으로 유턴하며 말했다. 밴에는 산타와 여자 그리고 남자와 신부, 세 명의 베트남 출신 수녀들이 타고 있다. 밴은 헉헉대며 바다를 향해서 달렸다. 산불이 내뿜는 연기가 차창을 뚫고 들어와 매캐하게 코를 찔렀다.

"저 베트남 아가씨들이 노신부의 후궁들이야?"

남자가 여자의 귀에 대고 속삭였다.

"당신 미쳤어요?"

여자가 남자의 입을 틀어막으며 눈을 부라렸다.

밴이 바닷가에 도착했다. 바닷물에는 마치 찬물에 잡곡밥을 말아놓은 것처럼 사람들이 가득하다. 산타가 주차장을 찾아 바닷가를 몇 바퀴 배회했다. 아무리 찾아도 주차할 자리가 없었다. 자동차의 행렬이 인도를 따라 범퍼를 맞댄 채 수도 없이 줄지어 있었다. 15분을 뺑뺑 돈 산타가 차를 해변으로 질주해 들어갔다. 모래사장에 누워 있던 사람들이 놀라 일어섰다. 산타가 시동을 껐다.

여자가 남편의 손에는 돼지고기 트레이를 신부에게는 김밥

쟁반을 산타에겐 필리피노 누들 쟁반을 수녀들에게 삶은 새우와 맥주와 포크와 나이프를 안겼다. 돼지고기는 사돈양반을 위해서 필리피노 누들은 안사돈을 위해서, 김밥은 아들을, 삶은 새우는 며늘아기를 위해서 준비한 것들이다. 금방 모래사장에 크리스마스 디너가 차려졌다.

산타가 빨간 모자와 바지를 벗어던지고 김밥을 입에 물고 벼룩처럼 뜨거운 모래사장을 달려가서 바닷물에 풍덩 하고 몸을 던져 넣었다. 그 뒤를 이어서 수녀와 신부, 남자와 여자도 옷을 벗어던지고 캥거루처럼 물을 향해 달려갔다. ✷

주 8) 호주에서 크리스마스 다음 날로 연중 가장 큰 세일을 하는 날이기도 하다.
주 9) 오지(Aussie) : 호주 사람들을 일컫는 말.

죽음의 가면과 마라의 독백

억울하면서 후련하고 고통스러우면서도 편안한, 증오하지만 그 모든 것을 이해하려는 표정은 꿈속에서 본 오빠의 모습을 닮아 있었다. 자연히 꿈이 기억 위로 떠오르고 도플갱어처럼 오빠의 실루엣이 가면 위에 겹쳐졌다.

죽음의 가면과 마라의 독백

　마라는 꿈을 꾸었다. 무더운 여름밤의 꿈이었다. 그녀가 생각하기에 현실은 꿈보다 투명하고 꿈은 현실보다는 불투명한 것이 삶이라고 믿었다. 꿈속에서 그 사람, 선샤인을 만났다. 마치 현실이 꿈속까지 이어진 것 같았다. 그의 모습을 보자 뭔가를 생각해보기도 전에 심장이 먼저 뛰었다. 그와 동시에 가슴 가득 설렘이 차올랐다. 그의 차림새는 예전과 무척 달랐다. 생전 처음 보는 복장은 충격적이었다. 그래서 마라는 정말 그가 맞기나 한 건지 의심스러웠다. 하지만 꿈속에서 그녀는 천천히 그의 존재를 확인할 수 있었다. 오래전에 떠난 그가 어떻게 여기에. 그와 마라는 운명의 장난처럼 극적으로 다시 만나게 되었다.

마라는 눈을 동그랗게 뜨고 낯선 방 안을 살폈다. 그녀는 감방의 철제의자에 앉아 있었고, 그는 딱딱한 철제침대에 누워 있었다. 평상시 실내에서 밝은 티셔츠에 트렁크 팬티만 입던 그가 칙칙하고 어두운 바지를 입은 모습이 믿어지지 않았다. 감방의 한쪽 구석엔 철갑옷과 투구가 놓여 있었다. 그가 우중 충한 긴바지를 걷어 올리며 그녀에게 마사지를 해달라고 말했다. 그녀는 주저하며 그에게 다가가 맨살이 훤히 드러나 있는 그의 다리에 손바닥을 갖다 댔다. 그리고 그의 오른쪽 다리를 길게 늘어뜨린 뒤 들어올렸다. 세상에, 가면이잖아! 죽음의 가면! 마라는 소리쳤다. 그녀의 말에는 놀람과 공포가 스며들어 있었다. 하지만 오빠의 표정엔 자부심과 희망이 가득했다. 그가 다소 부끄러우면서도 자랑스럽게 미소지었다. 그녀는 믿을 수 없었다. 와인글라스의 스템을 다루듯 조심스럽게 그의 다리를 침대 위에 내려놓고 다른 쪽 다리를 다시 들어올려 보았다. 반대쪽 다리에도 어김없이 죽음의 가면 타투가 새겨져 있었다. 어떻게, 어떻게 된 거야? 마라가 놀라서 물었다. 그러자 그의 얼굴은 마치 위험을 무릅쓰고 생명을 구한 라이프가드처럼 용기백배해 보였다. 그리고 그것이 무슨 대단하고 위대한 일이라도 되는 양 입을 일자로 다물었다. 그녀는 위로 들어 올린 양다리를 천천히 흔들어 보았다. 타투가 교수대의 밧줄처럼 흔들렸다. 마라는 그의 허벅지 바깥쪽과 안쪽까지 뻗친 타투를 꼼꼼하게 살펴보았다.

눈을 감고 있는 타투의 표정은 너무 편안해 보여서 죽음의 가면이란 실감이 나지 않았다. 번뇌도 억울함도 세상을 향한 분노도 찾아볼 수 없었다. 침묵하지만 여전히 고통스럽고 분노하지만 이해해야 하는 한 인간의 영혼 속에서 들끓는 감정들을 그의 가면에서는 찾아볼 수 없었다. 가면은 마냥 눈을 감고 꿈을 꾸는 것 같았다. 높은 벽에 뚫린 손바닥 크기의 창으로부터 레퀴엠이 들렸다.

마라는 가만히 그의 다리를 침대에 내려놓고 가지런히 모아 한쪽씩 주무르기 시작했다. 꿈이라 생각하면 이해가 되었지만, 도대체 어떻게 죽음의 가면을……. 더구나 허벅지에다……. 그녀는 누워 있는 오빠의 얼굴을 내려다보았다. 그의 눈이 태양빛처럼 부시게 마라를 쳐다보았다. 선샤인! 그의 눈을 바라보던 마라는 급류처럼 소리쳤다. 그녀의 마음도 휘말리며 소용돌이쳤다. 정말 보고 싶었어, 나의 선샤인!

이미 그와 헤어졌는데, 그를 그토록 기다렸는데, 기다리다 문득문득 미워하고 증오까지 했는데, 용서하지 못한다고 혼자 소리쳤는데. 그럼에도 마라는 아직도 그를 사랑하고 있다는

데, 심장이 고동치며 그에게 사랑의 반응을 하고 있다는 게 놀라웠다. 하지만 그녀는 이내 수긍했다. 전율하는 가슴을, 요동치는 마음을 받아들이지 않을 수 없었다. 사랑해……. 아직도, 너무나 사랑해, 오빠…….

그 순간 마라는 수호신에게 감사드렸다. 눈물이 흘러내렸다. 참을 수 없는 울음이 터져 나왔다. 수호신의 가호가 아니고는 도무지 일어날 수 없는 일일 것 같아서 두 손을 모았다.

오전 수업이 끝났을 때 마라는 갑자기 결정했다. 멜버른을 가보기로. 꿈이 그녀의 마음을 갈급하게 끌어당겼다. 학생들이 우당탕 강의실을 빠져나갈 때 그녀는 가만히 앉아서 곰곰 생각해보았다. 금요일이었고 멜버른에 다녀와도 될 것 같았다. 그녀는 스마트폰에서 어렵지 않게 항공권을 구입했다.

'하루빨리 귀국하길……'

액정엔 엄마가 보낸 카카오톡 메시지가 떠 있었다.

마라는 곧장 공항으로 가기 위해 학교 앞 택시 승강장 방향으로 걸었다. 그런데 발걸음이 평소보다 무척 빨랐다. 마음에서 기이한 떨림과 불안이 싹텄다. 왜일까? 지금 멜버른에 가려는 길 위에 서 있을 뿐인데. 마치 먼 미지의 세계로 떠나는 듯 후들거리는 다리의 감각을 알 수 없었다. 인간은 누구나 미래에 대한 불안을 안고 있잖아. 마라는 자신을 달랬다. 선샤인, 아니 오빠는 어떻게 그 많은 두려움을 이기고 부패한 권력에 맞서서 싸울 수 있었을까.

택시가 승강장으로 나아갈 적에는 마음이 콩닥거리기까지 했다. 갈증도 느껴졌다. 택시를 타기 전에 보틀숍에서 차가운 크루저레몬 한 병까지 구입했다. 이내 차가운 병이 담긴 누런 봉지를 받아 승강장으로 나가는 유리문을 밀어젖혔다. 그녀는 잠시 승강장 국도의 경계석에 걸터앉아 크루저를 천천히 음미하며 마셨다. 빈병을 휴지통에 던져 넣을 때는 달콤한 맛 뒤의 쌉쌀한 보드카의 맛만 혀끝에 남았다. 그리고 길게 줄을 서서 손님을 기다리고 있는 택시들 중에서 첫 번째 택시에 올라탔다.

어느새 택시가 출발해서 국도를 달렸다. 차창 밖의 풍경들이 마치 전날 밤의 꿈처럼 지나쳐갔다. 마라는 오빠란 존재 자체가 갈급하게 보고 싶었다. 그러할수록 이제는 오빠를 잊어야 해. 이 길은 마지막 오빠의 존재를 찾아가는 길이야. 그녀는 독백했다. 그러나 그것은 선언이라기보다는 좌절에 가까운 절규였다. 다시 오빠가 보고 싶어지는 한이 있더라도 지금 이 순간만큼은 마지막이라고 그녀는 다짐하며 입을 앙다물었다.

가만히 기억을 되짚어보던 마라는 멜버른이란 도시를 한 번쯤 가본 적이 있는 것 같았다. 그녀의 학교가 소재한 뉴사우스웨일스와 접해 있는 빅토리아주에 실제로 발을 딛고 걸어본 적이 있는 것만 같았다. 하지만 그것이 느낌일 뿐이란 것을 그녀는 금방 알 수 있었다. 무엇 때문일까, 곰곰 생각을 짚었다. 그녀는 알 것도 같았다. 멜버른. 그것은 꿈 때문이야. 아니야, 오빠의 허벅지에 새겨진 그 죽음의 가면 때문이야. 가면이 손짓하며 그녀를 부르는 것 같았다.

그랬구나, 멜버른을 가본 적이 없구나. 그래서 지금 내가 가보려고 하는구나. 아직 내 두 발이 걸어본 기억이 없는 곳으로. 마리는 불안함이 얼마간 이해가 되었다. 죽음의 가면을 마주하게 될 그 순간의 정서가 당연히 두려움을 불러왔을 것이다. 떨림을 동반한 공포가 찾아왔다. 생전 처음 마주하게 될, 그 순간의 감정의 상태 같은 것이 자꾸만 걱정되었다. 실제의 가면은 어떤 모습일까? 그녀는 곰곰 생각했다.

비행기는 날개를 접고 꼴아 박힐 듯 아래로 떨어지기 시작했다. 당연하지만 그녀의 몸도 그 기체 안에서 꼼짝없이 더 깊이 바닥으로, 바닥으로 폭발물처럼 하강했다.

마라는 공항에서 곧장 멜버른 구감옥으로 향했다. 택시가 감옥의 정문에 정차했을 땐 거무스레한 대기가 포진을 치고 있었다. 그녀는 경찰감시초소 단층건물과 청회색 사암의 삼층 건물 사이를 몇 번 왕래해 보았다. 두 손으로 굳게 잠긴 두 건물 사이의 철책을 붙들고 텅 빈 건물 마당을 지켜보기도 했다. 마침내 그녀는 뒤돌아서서 아쉬운 표정으로 터벅터벅 거리를 걷기 시작했다.

마라는 무진장 배가 고팠다. 두 팔을 꼭 껴안고 가만가만 한 글자로 된 음식 낱말 찾기를 하며 신호등을 건너고 인도를 골라 걸었다. 밥 국 떡 엿 감 찜 밤 빵 술……. 침이 목젖을 훑고 꿀꺽꿀꺽 넘어갔다. 마라는 빵보단 술을 마시는 편이 한결 좋을 것 같다고 판단했다.

가로등이 하나 둘 켜지고 있는 도시의 불빛을 따라서, 술을 살 수 있는 곳을 두리번댔다. 여기는 시드니보다 습한 곳이구나. 민소매에 닿는 여름밤의 습기 때문에 추위가 느껴졌다. 버크 스트리트에 발길이 닿자마자 빗방울이 두 볼에 후드득 떨어졌다. 마라는 쪼르르 맥도날드 건물을 향해 달려갔다. 처마 밑의 계단에 무릎을 접고 동그랗게 앉아서 백팩을 열었다. 초록색 장식띠(sash)를 꺼내 머리부터 목까지 돌돌 감았다. 오빠가 라이프가드를 할 때 익사 직전의 소년을 구해주고 주정부로부터 포상 받은 장식띠는 머플러보다 더 포근했다. 비바람이 그것의 수실을 흔들며 마라의 볼을 어루만졌다. 그녀는 잠시 꿈을 꾸는 것 같았다.

마라는 비가 그치기를 초조하게 기다리며 거리를 응시했다.

비에 젖은 남자가 그녀를 뚫어질 듯 쳐다보았다. 그녀는 갑자기 무서운 생각이 앞섰다. 남자들의 끈덕진 눈빛에서 공포가 느껴졌다. 위험이 도사린 어두컴컴한 거리를 돌아다니는 일이 위험천만하단 생각이 들었다. 그녀는 거리의 남자들이 쳐다보는 눈길을 피하려고 맥도널드의 황금색 로고를 올려보았다. 높은 기둥 위의 황금색 로고는 거대한 힘을 가진 권력의 상징 같고, 그것은 타인의 죽음에 공감하기는커녕 오히려 그 슬픔을 조롱하는 자들의 엔터테인먼트의 토이 같고, 19세기 골상학의 연구 대상이었던 사형수의 뇌관처럼 엇갈리고 겹쳐 보였다. 여자의 젖무덤 같은 맥도널드의 황금색 로고에서 시선을 거둔 그녀는 일어서서 비바람이 몰아치는 거리를 비칠거리며 걸어 나갔다.

늦잠을 잔 마라는 후닥닥 일어났다. 오전 아홉 시, 숙소에서 빠져나온 그녀는 곧장 감옥으로 질주했다. 숨을 헐떡이며 감옥의 계단에 앉는데 목이 말랐다. 지난밤 버크 스트리트의 보틀숍이 그녀의 기억 위로 떠올랐다. 그녀는 한동안 망설였다. 시간은 너무 더디게 흘러갔다. 달리기로 5분 거리에 위치한 보틀숍은 아침 일찍 문을 열어놓고 있었다. 크루즈키위를 받아든 마라는 병을 티셔츠로 감싸 안으며 유리문을 밀치고 나왔다. 그녀는 갈색 봉지로 감싼 크루즈키위를 마셔가며 잰걸음으로 감옥으로 돌아갔다. 마음이 고요하게 가라앉았다. 그녀는 빈병을 쓰레기통에 던져 넣다 쾅 하고 떨어지는 소리에 움찔 놀랐다. 주변의 동정을 살폈지만 누구도 그녀를 감시하는 사람은 없었다. 보드카의 쌉쌀한 뒷맛을 입술로 핥았다.

마라는 경찰감시초소 건물 계단에 앉아서 손목시계를 흘끔거렸다. 한 무더기의 관광객들이 초소 계단을 왔다갔다 웅성거렸다. 한 남자가 그녀를 빤히 쳐다보며 가까이 다가왔다. 몇 개의 계절이 교체되었는데도 소식이 없는 오빠가 평소에 싫어하던 경찰이었다.

"감옥 체험을 할 거지요?"

"노, 아이 우드 라이크 투 시 데스마스크."

"그렇다면, 출구가 저쪽이니 따라와요."

마라는 경찰을 따라 걸어갔다. 오빠에게 들어서 알고 있는 가면에 얽힌 역사적인 기록을 기억하려고 애를 썼다. 그녀가 도착하기를 기다렸다는 듯 옥문의 출구가 열렸다. 그녀는 서둘러 안으로 발을 들여놓았다. 석벽에서 쏟아진 축축한 습기가 그녀의 얼굴에 마구 달라붙었다. 그녀의 플랫슈즈 아웃 솔이 딛는 돌바닥이 마치 살얼음을 밟는 것처럼 차가웠다. 어떤 알 수 없는 빛의 기운이 쏟아저 그녀를 환영 속으로 잡아끌었

죽음의 가면과 마라의 독백

다.

죄수들이 평소에 얼굴을 가리고 옥문 밖으로 나가야 했던 하얀 옥양목에 눈만 뚫린 침묵의 가면을 휙휙 내동댕이치는 장면, 형벌삼각대에 묶여 있던 죄수의 밧줄이 툭툭 끊어지는 장면, 감방의 이중철문이 자동으로 철꺼덕철꺼덕 열리는 장면……. 그들은 하루에 한 시간 운동이 허용되던 마당에 모두 집합했다. 수백 명의 죄수들이 왁자지껄한 곳에 모여 손을 잡거나 어깨동무하거나 또는 서로를 껴안고 자유를 부르짖으며 마음껏 떠들고 춤추고 노래하고 배불리 먹고 마시는 축제가 환영으로 보였다. 기이한 기시감에 그녀는 눈을 질끈 감았다.

마라는 죽음의 가면을 찾으려고 감방을 기웃거렸다. 그녀가 찾고 있는 가면이 보이지 않았다. 첫 번째 방에서 중국인의 가면과 마주쳤다. 광산에서 황금을 놓고 싸움이 벌어졌고, 살인을 하게 된 사내의 이름 아랜 국적이 차분하게 명시되어 있었다. 독방에 갇히듯 가면이 한 방에 한 개씩 전시된 감방의 이곳저곳을 기웃거렸지만 타투의 가면은 보이지 않았다. 그녀는 가면을 찾으려고 이 방 저 방을 뛰어다녔다.

은행을 털어서 가난한 사람의 채권을 불살라버렸다는 그 가면의 주인은 어디로 사라진 것인가. 거액의 포상금이 내걸리기도 했던 그의 가면을 누가 훔쳐 달아나버린 것일까. 부패한 공권력과 맞서서 싸웠던 영웅의 가면을 누군가가 꼭꼭 숨겨놓은 것 같았다.

셀 수 없이 많은 죽음의 가면 중에서 오빠의 허벅지에 새겨진 타투의 가면을 힘겹게 찾았을 땐 이마에 굵은 땀방울이 맺혀 있었다. 가면은 단번에 알아볼 수 있었다.

Ned Edward Kelly

그녀는 머뭇거리며 가면 가까이 다가갔다. 어질어질한 현기증이 일었다. 술 때문이야. 마라는 독백했다.

고즈넉하게 눈을 감고 있는 가면의 표정이 너무나 평화로워 보여서 죽음의 가면이란 실감이 들지 않았다. 번뇌도 억울함도 세상을 향한 증오도 찾아볼 수 없었다. 침묵하지만 여전히 고통스럽고 분노하지만 이해해야 하는 한 인간의 영혼 속에서 들끓는 감정들을 그의 실제 가면에서도 찾아볼 수 없었다. 그의 표정은 마치 세상을 등지고 꿈을 꾸는 것만 같았다. 높은 벽에 뚫린 손바닥 크기의 창으로부터 레퀴엠이 들려왔다.

억울하면서 후련하고 고통스러우면서도 편안한, 증오하지만 그 모든 것을 이해하려는 표정은 꿈속에서 본 오빠의 모습을 닮아 있었다. 자연히 꿈이 기억 위로 떠오르고 도플갱어처럼 오빠의 실루엣이 가면 위에 겹쳐졌다. 그 때문이었을까. 마라의 손바닥이 그녀 자신도 알지 못하는 사이에 기면의 이마를 어루만졌다. 손바닥에 닿는 하얀 석고의 감촉이 너무나 감미로워서 새가 되어 날개를 펼치고 날아갈 것 같아졌다. 감각이 꿈속에서 오빠의 허벅지를 마사지할 때와 너무나 똑같았다. 오빠를 만난 것 같았다. 그녀는 가면의 입술에 그녀의 입술을 포갰다. 뜨거운 입술의 감촉이 전설처럼 몽롱한 사랑을 불러일으켰다. 그녀는 와락 가면의 목을 껴안았다. 그녀의 목줄기에 남아 있는 오빠의 추억들이 고스란히 살아났다. 그녀의 허리에 두르고 있던 초록색 장식띠를 풀어서 가면의 스킨헤드에서부터 시작해서 목까지 칭칭 감았다. 눈을 떠봐, 그리고 제발 나를 쳐다봐, 하고 소리쳤다. 그 순간 참을 수 없는 눈물이 쏟아졌다. 가면을 껴안은 손등 위로 눈물이 떨어졌다. 그녀는 얼룩진 눈물에 가려서 그녀를 향해 다가오는 완력을 알아채지 못했다. 그녀는 어떤 인기척도 느끼지 못했다.

"우리의 위대한 영웅을 더럽히는 비치(bitch)를 보시죠."

남루한 백인사내였다. 몇 분 전에 감옥을 안내해준 경찰이 그의 등뒤에 서 있었다. 허리에 권총을 차고.

"지금까지 얼마나 많은 미친 인간들이 우리 영웅의 데스마스크를 훔치려고 했던가."

"……."

마라는 놀라 뒤로 몇 발짝 물러났다.

어제 오늘 내일

236

"이 비치는 사이코패스야. 술 냄새가 그걸 증명해."

초라한 사내는 소리치며 경찰의 눈길을 흘끔거렸다.

"어디에서 굴러온 비치가 우리의 위대한 영웅을 훔쳐가려고. 만약 내가 한 발만 늦었어도 저 비치가 가면을 훔쳐서 달아났을 거라고. 이 거지 같은 가짜 장식띠에다 숨겨서 품에 안고서 말이야."

남자가 아기를 안는 것처럼 액션을 취했다.

"이제까지 위대한 영웅의 유골을 훔쳐서 달아난 것들이 꼭 저 비치와 같은 부류였다고……."

남자가 장식띠에 침을 탁 탁 뱉었다.

"감히 어디서…… 미친 아시안을 당장 이곳에서 추방시켜야 해. 아니지, 위대한 선조들이 건설한 오스트레일리아에서 깨끗하게 싹 쓸어내야 한다고."

"이따위 가짜 장식띠를 가지고 어디서 수작을 부리려고. 오리지널 장식띠는 절대로 훔쳐갈 수 없어. 거기엔 위대한 영웅의 피가 흐르고 있다고 위대한……."

남자가 오빠의 장식띠를 땅에 내동댕이쳐 발로 밟아 문질렀다. 장식띠는 침과 흙으로 피가 묻은 것처럼 얼룩졌다.

경찰이 마라의 등을 밀었다. 그가 얼룩진 장식띠를 마라의 백팩에 찔러 넣어주며 조심하라 경고를 했다. 그녀는 용서를

빌지 않았다. 대신 목을 돌려 뒤를 돌아보았다. 그녀를 향해 사내가 가운뎃손가락을 세워서 찌르며 히죽히죽 웃으며 소리치고 빙글빙글 돌며 춤을 추었다.

"헤이, 죽음의 가면은 가짜야. 네가 가진 장식띠처럼. 킬킬…… 진짜는 박물관에 모셔두었지. 너 같은 비치가 훔쳐갈까 봐서."

마라는 사내의 말을 믿지 않았다. 밖으로 쫓겨난 마라는 무작정 걸었다. 어느덧 그녀는 지난밤 앉았던 맥도널드 처마 밑 계단에 도착했다. 오빠도 이 거리에 와본 적이 있었을까? 이제야 기억나. 오빠도 이 거리를 걸어보았다고 했었지. 남자는 밧줄에 달렸다고 했어. 삼만 명이 훨씬 더 되는 시민들이 구명운동을 벌였지만 그는 종내 교수형을 당했다고. 숨이 끊어진 30분 후에 처형대에서 시신이 내려져 카트에 담겨 수족관으로 옮겨졌고, 머리카락과 수염과 털을 제거한 후 매끄러워진 두상에 하얀 석고를 발랐다고 했어. 그렇게 죽음의 가면은 만들어졌다고 했어.

처형이 된 그다음 날 그의 가면은 내 엉덩이가 닿았던 바닥, 정확하게 여기에 전시되었다고 했어. 사람들은 그의 가면을 보기 위해서 구름처럼 몰려들었고. 그 당시 그러한 일은 사람들을 몹시 흥분하게 했고 호기심을 불러일으키는 엔터테인먼

트였다고 했어. 또한 정부는 공의의 위엄을 입증하면서 권력을 과시할 수 있었고, 골상학 연구가는 죽음의 가면으로 범죄과학을 증명하려고 했다지.

가면에는 이런 해설이 붙어 있었다고 했어. 부시레인저(bushranger). 권력을 위해서 위험을 무릅쓸 수 있는 인격을 가진 인류 역사를 통틀어 몇 안 되는 인물의 하나. 자부심과 희망의 결합 그리고 위대한 사랑의 눈에 베일이 가려져 그의 주변 상황을 볼 수 없는 자.

마라는 플랫슈즈를 가지런하게 벗어놓고 그 위에 초록색 장식띠를 올렸다. 갈증이 몰려왔다. 크루즈를 마시고 싶은 마음이 간절했지만 감옥으로 돌아가야 하는 마라는 참을 수 있었다. 후덥지근한 바람은 그녀의 이마와 목, 팔과 허벅지의 맨살을 축축하게 적셨다. 오빠는 죽었을까, 살았을까. 이토록 보고 싶어 하는 내 마음을 오빠가 알 수 있을까? 스물다섯 살에 처형을 당한 가면의 주인은 죽기 직전에 이런 말을 남겼다고 했어. 사는 게 다 그런 거지 뭐(such is life). 그러나 삶은 결코 그렇지 않을지도 몰라. 지금의 오빠와 나의 나이도 스물다섯 살이잖아. 스물다섯 살에 무엇을 알 수 있겠어. 삶은 언제나 해답이 없어. 그래서 나는 더욱더 오빠가 사라진 곳과 사라진 이유를 갈구해. 해답을 찾기 위해서 감옥을 찾아왔고, 해답을 찾기 위해서 가면과 대화를 했고, 해답을 찾기 위해서 고민하지. 그러나 아무도 내게 대답해 주지 않아. 오빠조차도 나에게 아무런 대답을 해주지 않은 채 그냥 떠나가 버렸잖아. 오빠의 마음이 어떤 거였는지, 오빠가 어디에 있는지, 무엇을 원하는지, 절대로 대답해 주지 않았어. 때로는 그것이 더 용서가 안 돼, 오빠가 나를 떠났다는 사실보다도. 그래서 나는 이렇게 속으로 피 흘리면서, 그 피를 내가 바라보면서, 피처럼 아픔을 들이마시고, 오빠를 미워하지. 검붉은 피보다 더 탁하게 물들어가는 내 마음을 원망하면서. 온몸으로, 내 안에 처형당한 자의 핏물을 뒤집어쓰듯 쏟아 부으면서. 하루, 또 하루, 이렇게, 이렇게 살아가는 거야.

마라는 다시 감옥으로 돌아가길 갈구했다. 가면에게 해야 할 질문이 남아 있었다. 그 말만은 꼭 회답을 듣고 한국으로 돌아가고 싶었다. 마음이 갈급하게 몰아쳤다. 그녀의 몸은 물을 뒤집어쓴 암탉처럼 땀으로 뜨겁게 젖어 있었다. 마라는 먼저 플랫슈즈를 가방에 쑤셔 넣었다. 머리칼을 풀어헤치고 백팩에서 잠바를 끌어냈다. 잠바의 지퍼를 단단히 여민 후 땅에 놓인 백팩을 뒤집어엎었다. 렙탑과 책과 공책과 슈즈…… 물건들을 손가락으로 헤집어 보았지만 립스틱은 보이지 않았다. 마라는 입술에 두껍게 침을 바르며 머리를 조아렸다. 내가 서양인의 얼굴을 제대로 구별하지 못하는 것처럼 그들도 나의 얼굴을 제대로 구분하지 못할 거야. 그들은 틀림없이 나를 알아보지 못할 거야.

마라의 맨발에 닿는 콘크리트의 감촉은 따갑고 뜨거웠다. 마라는 신호등을 급히 가로지르다 날카로운 유리조각이 발바닥에 깊이 박혀버렸다. 상처의 구멍에서 피가 쏟아졌지만 그녀는 신발을 신는 것을 허락하지 않았다. 잠바를 타고 흘러내린 땀이 바지를 관통한 후 발목을 거쳐 피와 합수했다. 오빠는 그 여린 허벅지에 가면의 타투를 새길 때 얼마나 쓰리고 고통스러웠을까. 그 연하고 보드라운 피부에 가면의 타투를 새길 결정을 하게 될 때까지 얼마나 무서운 일들이 오빠의 환경에서 일어났던 것일까. 그녀는 가면을 다시 안아보고 싶은 생각에 심장이 마구 뛰었다. 마음이 설레발을 쳤다.

감옥 입구에 도착한 마라는 벽 뒤에 몸을 숨겼다. 수시로 고개를 내밀어 내부를 탐색했다. 얼마나 시간이 지났을까? 고개가 뻣뻣해 왔다. 마라는 더 이상 참을 수 없었다. 그녀는 생각을 뒤집었다. 그리고 고개를 뻣뻣하게 세우고 거침없이 안으로 점령해 들어갔다. 경찰은 눈에 띄지 않았다. 가면을 숭배하는 남자도 보이지 않았다. 성공적으로 감옥 안으로 잠입한 그녀는 깊은 숨을 몰아쉬었다. 무사히 가면 앞에 서게 된 그녀는 소리를 죽이며 가면에게 질문을 던졌다. 그녀는 두 손을 꽉 맞잡고 손이 닿지 않을 거리에 섰다. 너는 무법자인가? 전설의 영웅인가? 체제에 저항한 혁명가인가? 그도 아니라면 테러리스트인가. 나는 알지 못해. 하지만 나는 너를 보는 그 순간 사랑을 느꼈어. 한 연상의 귀족여인을 사랑한 너는 요정이었잖아. 사랑하는 사람의 마음을 읽는 일은 자기공명영상(MRI)으로 뇌 촬영을 보는 것과 똑같은 거잖아. 마라는 가면의 뒤로 돌아가 사람들의 손길에 마모된 그의 뒤통수를 껴안고 싶은 마음에 저절로 몸이 기울었다. 하지만 간신히 참았다.

감옥의 이층 계단을 오르는 중에도 마라는 끊임없이 오빠에 대해 생각했다. 그리고 그녀는 머릿속으로 또다시 혼자 독백하고 있었다. 아무리 생각하지 않으려 해도 끊임없이 쏟아지는 말들을 혼자 중얼거릴 수밖에 없었다. 나는 이곳에서 오빠가 사라진 이유를 찾아낼 수 있을까? 나는 아직 오빠를 이해하기엔 경험이 부족하고 자아의 깨달음이 모자란 것일까? 스스로 나의 본성을 발견하고 진정한 자아를 발견하는 날이 오긴 올까. 지금은 흐르는 시간 속에서 견디는 것. 내가 세상에 발을 딛고 서 있을 수 있는 것은 한 개의 빛 때문이야. 오빠의 이름 선샤인 그리고 오빠의 눈빛.

나는 한국에서 성장했잖아. 나는 아직 호주를 잘 몰라. 나는 겨우 2년을 조금 넘게 호주에 머물렀을 뿐이야. 그래서 오빠의 사정을 이해할 수가 없어. 나는 너무 답답하기만 한데, 두렵기만 한데, 오빠가 다정한 사람이라면 나에게 말해주고 떠날 수도 있었을 거야. 아니 지금이라도 소식을 전해줄 수 있잖아. 이렇고 저래서 떠나야 할 수밖에 없었다고, 말을 해 줄 수 있잖아. 투옥된 것 같은 내 마음을 놓아줄 수 있잖아.

계단을 올라간 마라는 몸을 돌려 복도 끝 막다른 곳에 다다랐다. 유리관 속에 전시된 초록색 장식띠를 발견한 그녀는 화들짝 놀랐다. 숨이 막혔다. 오빠가 마라에게 준 장식띠와 너무나 똑같았다. 그녀는 백팩에서 장식띠를 꺼냈다. 조금 전 광인이 뱉은 침과 흙이 피처럼 얼룩져 있었다. 액자 속의 머플러와 조금도 다르지 않았다. 가면의 주인공이 열한 살 때 익사 직전의 소년을 구해주고 받은 포상인 초록색 장식띠. 그때 가면의 아버지가 그에게 선샤인이란 이름을 지어주었다는. 그는 목숨이 끊어지는 그 순간까지 그것은 허리에 감고 있었다지. 아일랜드 가난한 이민자의 아들인 그가 글렌로완 여관에서 다리에 총상을 입었을 때 피가 흘러 장식띠를 적셨다지. 초록색은 아일랜드의 색이잖아. 오빠의 장식띠는 몇 년 전 호주 라이프가드협회에서 네드 켈리의 정신을 기념하기 위해서 똑같이 제작해냈다고 했어.

죽음의 가면과 마라의 독백

마라는 몽유병환자처럼 136쌍 272개의 발바닥이 닿았던 교수대 위에 올라섰다. 밧줄이 내려지기 직전의 순간보다 온몸의 무게가 무거웠던 적이 또 있었을까? 세상을 떠날 때 처형자들이 남긴 발바닥의 미열이 마라의 발에 닿는 것이 느껴졌다. 그녀의 발바닥에 뚫린 마침표 꼴의 붉은 상처 구멍으로 그들의 발바닥 지문이 에너지를 발산해 넣었다. 미세하게 흐르는 생명의 에너지가 그녀의 발바닥 작은 구멍 안으로 들어가려고 아우성쳤다.

마라는 쿵 하는 소리를 내며 처형대에서 처형자의 목이 아래로 떨어지는 순간을 상상하기 전에 마지막으로 가면을 한 번 더 생각했다. 범죄자 식민지 초기, 영국에서 건너온 농장주들은 거세고, 교활하고 때로는 두 개의 얼굴을 가지고 있었다고 했어. 그 당시의 식민지 사람들은 모두가 악의에 차 있었다고, 그것은 영국 정부가 그들에게 부당한 상처를 입혔기 때문이라고 했어. 가장 밑바닥으로 내동댕이쳐져버렸다는 배신감은 농장주가 된 영국인들이 그 앙갚음으로 아일랜드 이민자들을 향해 심한 차별과 핍박을 하게 된 동기라고 했어.

네드 켈리, 그가 밧줄에서 쿵 하고 아래로 떨어질 때, 아들과 같이 투옥되어 있었던 가면의 어머니는 그 순간에 그 앞을 지나면서 그 소리를 들었다고 했어. 마라는 문득 엄마의 메시지가 생각났다. 하루빨리 집으로 돌아오렴. 메시지를 읽었다. 엄마는 평생을 내가 잘되기만을 바랬어. 그녀의 운명 전부를 나에게 투자했어. 외동딸인 나에게 인생을 걸어버린 엄마. 내가 사회에서 성공하길 그토록 바라는 엄마에게 돌아가야겠어. 인생을 모두 나를 위해 바친 엄마에게로.

　나는 오빠의 환경을 잘 몰라. 부모들의 철저한 보호를 받고 성장한 내가 어떻게 차별과 무시를 견디었다는 오빠의 이민 생활을 알 수 있겠어. 1.5세대인 오빠와는 정말 많이 다를 수밖에 없잖아. 그래서 내가 태어나고 내가 성장한 도시로 돌아가야 해. 그곳에도 다른 대부분의 도시처럼, 각자의 생명은 각자가 지켜야 하는 냉혹한 세계가 있을 뿐이겠지만. 타인의 죽음에 공감하기는커녕 오히려 그 슬픔을 조롱하는 자들이 있는 곳으로. 두려워. 아무도 구원해 주지 않는 세계에서 어떻게든 살아야 하는 불안과 공포. 무슨 대단한 권리라도 되는 양 성공한 자들이 저지르는 갖은 악행과 마치 성공이 약자를 향해 갑질하기 위한 자격처럼 휘두르는 사람들이 있는 곳으로. 하지만 그 속에서도 촛불을 들고 현관문을 열고 나서는 사람들은 더 많아. 나도 한 개의 촛불을 들기로 했어. 빛은 소리보다 빠르잖아. 선샤인, 그리고 빛을 들고 모인 사람들이 한 목소리로 외치넌 빛을 따라 소리가 빛보나 니 멀리까지 닐이길 수 있을

죽음의 가면과 마라의 독백

거야.

마라는 에스컬레이터를 타고 공항 라운지에 도착했다. 마라는 엄마에게 카톡을 보냈다. 마지막 영어시험이 끝나면 방학을 맞고 그리고 한국으로 돌아가게 될 거야. 굿바이, 나의 선샤인!

책장을 펼쳤다. 마지막 강의시간에 배운 호주의 위험한 동물 여섯 종류가 모습을 드러냈다. Boxjellyfish, Eastern Brown Snake, Saltwate Crocodile, Great White Shark, Blue-Ringes Octopus, Red-Back Spider……. 마라는 천천히 스펠이 틀리지 않도록 반복해서 외웠다. 오빠, 이건 나의 마지막 질문이야. 우리가 사는 세상에선 스스로 독을 만들어 자신을 보호해야 하는 거야?

그녀의 귀에 폭발 불꽃보다 폭발음이 먼저 들렸다. 그 순간 마라의 눈은 감겼다. 눈앞이 캄캄해졌다. 마라는 갑자기 잠이 든 것 같았다. 잠시 깨어나는 듯 의식이 돌아올 땐 구토가 일었다. 그녀는 자신의 몸이 흔들린다고 느꼈다. 꿈을 꾸는 것 같았다. 그녀는 불투명한 꿈속에서 그 사람, 선샤인을 만났다. 현실과 꿈이 하나가 된 것 같았다. 그의 모습을 보자 뭔가를 생각해보기도 전에 심장부터 뛰었다. 그녀는 오빠와 함께 138년 전의 시간으로 돌아가 있었다. 눈을 크게 뜨고 쳐다보아도 분명 오빠의 모습이었다. 그가 깡통처럼 생긴 투구와 갑옷으로 무장을 하고 경찰들과 총격전을 벌이고 있는 곳은 숲속 마을이었다. 경찰이 주변을 에워싸고 있는 초라한 역사의 글렌로완 여관엔 오빠와 함께 19세기 말 호주의 지배층에 무장저항을 하는 혁명가들이 행동을 함께했다. 차별받고 핍박받는 이민자의 억울함을 대변해 체제에 저항하는 반영웅적인 인물들의 주동자는 선샤인 그 사람이었다. 그가 두 명의 경찰을 총으로 쏘았다. 곧 다른 경찰이 발사한 총알이 오빠의 다리를 명중했다. 마라는 꿈인지 현실인지 모를 것 같은 상황에서 신음하며 손을 휘저었다. ✂

해설 이승하 문학평론가 · 중앙대 교수

호주의 역사와 그곳에서의 삶에 대한
진지한 성찰

호주의 역사와 그곳에서의 삶에 대한 진지한 성찰

호주 교민 문단의 문학사 전개에 있어 시에 있어서는 윤필립 씨가, 수필에 있어서는 이효정 씨가 선구자 역할을 했음을 부인할 사람은 없을 것이다. 문단이 형성된 지 30여 년밖에 되지 않는, 일천한 역사를 갖고 있는 호주의 이민사회다. 베트남전쟁이 끝난 1975년은 호주이민사가 본격적으로 전개된 해이기도 하다. 10년 정도는 생계문제에 급급했고 80년대 중반부터 시와 수필을 쓰는 이들이 나타났다. 그들에게 윤필립 씨는 순수서정시만이 시가 아님을, 이효정 씨는 소소한 신변잡기가 수필의 본령이 아님을 가르쳐주었다.

소설 쪽에서는 돈오 김(김동호)이라는 걸출한 작가가 있었다.

영어로 소설을 쓴 돈오 김은 호주의 주요 문학상뿐만 아니라 평생의 공로를 인정, 호주 문예진흥원이 수여하는 '명예상'(이 메리터스 어워드)까지 받았는데 2013년, 77세를 일기로 작고하였다. 돈오 김 작고 이후 호주 교민 문단에서 소설의 맥이 끊기는 것이 아닌가, 안타까움을 느끼고 있던 터였다. 그런데 다행히도 돈오 김의 뒤를 훌륭하게 이어갈 소설가가 등장했으니, 테리사 리(본명 이귀순)가 아닌가 한다.

돈오 김의 경우 한글로 번역이 되지 않으면 대한민국의 독자들과 만날 수가 없었다. 그런데 테리사 리는 한글로 작품을 쓰고 있기에 호주의 교민과 한국의 독자들과 곧바로 만날 수 있는 이점이 있다. 2016년에 낸 『비단뱀 쿠니야의 비밀』은 국내 문단에서 크게 주목을 받지 못하였다. 해외에서 모국어로 작품 활동을 하는 이들에게 주는 최고의 상이라고 할 수 있는 '재외동포문학상'과 호주동아일보의 신춘문학 소설상을 탔음에도 불구하고 말이다. 테리사 리는 심기일전하여 짧은 기간에 10편의 소설을 더 썼고, 그 과정에서 올해는 캐나다에서 주는 해외동포문학상인 민초문학상 대상을 수상하였다.

그녀가 1996년에 처음 이민을 간 곳은 태평양 남서부에 있는, 십수 개 섬들로 이루어진 바누아투 공화국이었다. 가보니 그야말로 무인도에 가둬진 기분이었다. 바나가 친구였고 하늘이 친지였다. 일기를 쓰고 수필을 써도 영혼의 허기는 달래지지 않았다. 2년 뒤에 호주로 건너갔다. 교민들이 가장 많이 사는 수도 시드니도, 옛날 수도 멜버른도 아니었다. 호주의 동남부 바닷가에 있는 인구 50만의 소도시 뉴캐슬이었다. 외로움이 그녀의 손에 펜을 들게 하였다. 2013년부터 소설을 쓰기 시작해 벌써 22편을 썼다. 첫 창작집을 낸 지 2년밖에 되지 않았기에 편편의 소설이 공력을 기울인 것은 아닐 것이라고 지레짐작하고 읽기 시작했다. 그런데 첫 번째 소설부터 정신을 번쩍 들게 하는 것이었다.

「애보리진 엄마」 등 몇 편의 소설은 호주가 두 개의 역사적 사실에 근거한 나라임을 말해주고 있다. 애보리진(Aborigine)은 영국인들이 이주해 오기 훨씬 전부터 살았던 원주민을 가리킨다. 백인들은 북미대륙에서 인디언들을 축출할 때도 그랬듯이 애보리진을 인간으로 보지 않고 짐승으로 간주해 무차별 학살하였다. 애보리진은 또 백인들이 옮긴 수두·천연두·감기 인플루엔자·홍역·결핵 같은 전염병으로 생을 마쳤다. 성병에 걸려 출산율이 떨어져 인구가 급격히 줄어들기도 했다.

호주는 범죄자들이 건설한 나라라고 할 수도 있다. 1770년 영국인 제임스 쿠크가 동부 해안지역에 당도해 뉴사우스웨일스라는 이름을 붙여 영국 땅이라고 선언한 이후 이주가 시작되었는데, 때마침 영국은 산업혁명 이후 범죄자들이 폭증하고 있었다. 범죄자들을 추방·격리하고, 그들의 노동력으로 땅을 개간할 수 있었으니 일석이조였다. 소설을 이해하는 데 관련되므로 그 당시의 상황을 약술해 둔다.

1788년 초대 총독 아서 필립은 732명의 죄수를 포함한 1,373명의 인원을 데리고 시드니항구에 상륙하였다. 광활하지만 원시림과 들판으로 이루어진 유배지에서 형기를 보내게 된 죄수들과 그들을 관리하는 교도관과 행정관리, 군인들이 처음에는 식량난에 허덕였지만 차츰 호주에 적응, 자생력을 갖게 되면서 이민자의 수도 늘기 시작했다. 마지막 죄수를 호송한 1868년까지 약 16만 명에 달하는 죄수들이 호주로 호송되었다. 이와는 별개로, 1790년대부터 세계 각지에서 자유 정착민들이 이주해 오기 시작하였다. 호주에 이민자가 급증하게 된 것은 금광이 있다는 소문 덕분이었다. 에드워드 하그레이브라는 사람이 퍼뜨린 금광에 관한 소문은 전 세계적으로 확산되어 일확천금을 꿈꾸는 자들로 북적되는 골드러시가 이루어졌다.

이번 소설집에서 가장 먼저 읽은 소설 「애보리진 엄마」는 '뮬라 빌라(Mulla Bulla)'란 옛날 감옥을 한국에서 이민 온 여성이 찾아가는 장면에서 시작된다. 방문의 이유는 확실히 나와 있지 않다. 아마도 호주의 역사를 알고 싶어서 찾아가게 된 것이 아닐까. 감옥의 내부에 대한 묘사, 최초의 탈옥수 조엔에 대한 이야기, 화자가 호주시민권을 받던 날의 감격 등이 이어지는데 시가 한 편 소개된다. 애보리진 편에 섰던 리즈 던롭(본명 앨리자 해밀턴 던롭, 1796~1880)의 시다. 아일랜드 출신의 여성시인 던롭은 학살당하는 아이를 보호해주지 못한 애보리진 엄마의 고통을 절절히 노래하였다. 이 시를 읽은 화자는 역사책을 통해 이런 사실들을 확인한다.

백인 살해자들은 일요일에 아내들을 교회에 보내놓고 애보리진들을 닥치는 대로 살해했다. 그들의 아내가 두 손을 모으고 기도하고 있는 시간 그들의 손에 들린 칼에서는 피가 튀었고 총에선 화약이 터졌다. 애보리진 소탕의 역사는 사뭇 충격적이었다. 나는 남자들의 손에 들린 총과 사타구니 사이에 발기한 총의 상관관계를 유추해 보았다. 분명 그들은 혐오스러운 방법으로, 피에 굶주린 인간들처럼, 학살이 무슨 정의처럼, 편안한 양심으로, 애보리진을 전멸시켜야 한다고 총칼을 남발했을 것이다. 애보리진을 학살했던 그 백인남자들은 차마 리즈 던롭의 시를 읽을 수 없을 것이다. 100만 명이 넘는 애보리진을 학살한 다수의 백인들이 지배하는 시대에는…….

화자는 왜 애보리진의 기막힌 수난사에 관심을 가지게 되었던 것일까. 호주가 이제 '타국'이 아니라 내 나라가 되었기 때문일 것이다. 내가 이 땅에 뿌리내리고 살게 되었는데 호주의 역사에 대해 무지하면 안 된다는 자기점검의 과정이 필요했을 법하다. 동승했던 백인남자가 여성의 애인인지 남편인지는 분명히 나와 있지 않다. 아무튼 두 사람은 사이가 좀 냉랭한 것 같다. 소설이 '문득' 미완으로 끝나는 것은 다음 이야기가 이어지기 때문이다. 그다음 소설 「유령이 내게 말을 걸었을 때」에도 여성화자는 남자(여기서는 '백인남자'라고 하지 않았다)와 함께 메이틀랜드 감옥을 관람료 50달러를 내고 들어가 견학하는 내용이다. 영국의 감옥이 넘쳐서 끌고 온 죄수들은 이 감옥에서 수많은 시간을 보냈을 것이다. 그중에는 살인자들도 있었다. 사람을 죽였으니 중형을 선고받았을 것이다. 죄수 중에는 무기수도 있었을 것이고 사형집행일을 앞둔 사형수도 있었을 것이다.

내가 들어간 곳은 2.5×3미터 넓이에 4미터 높이의 감방, 살인자를 수감했던 곳이었다. 쇠막대기문을 닫고 두꺼운 철판 이중문을 닫았을 때 견고한 어둠이 셀의 내부에 꼼짝없이 갇혔다. 나의 두 번째 심장이 깨어나 고동치기 시작했다. 스마트폰 크기의 센서를 손에 든 나는 유령이 센서에 달라붙기를 기다리며 숨을 죽였다. 괴기스러운 에너지가 금방이라도 내 손바닥을 물어뜯을 것 같았다. 불길하게도 어디서 끊임없이 비릿한 피 냄새가 풍겼다. 센서에 빨강 노랑 파랑의 불빛이 점멸하기 시작했다. 드디어 유령이 나타났다. 드디어 유령을 만났다. 나는 다급하게 질문했다. 꼭 한 가지 질문할 게 있는데 잠시만 기다려줄 수 있겠어? 내가 말을 붙이자 센서의 불빛이 황망히 도망가버렸다. 나는 팔을 휘저었다.

놀이공원에 가면 머리 풀어헤친 귀신이나 괴물(프랑켄슈타인, 드라큘라, 하이드 씨 등)이 나오는 건물이 있다. 아이들은 비명을 지르며 공포체험을 하지만 어른은 무섭기는커녕 유치해서 쓴웃음을 짓는 곳이다. 소설을 인용한 곳을 보면 화자가 유령을 만났다고 했다. 이 부분은 환상이다. 지금은 세월이 흘러 입장료를 내고 들어가서 구경하는 곳이 되었지만 그 옛날에는 살인자가 수감되어 있던 곳이었다. 살인자들이 원한에 사로잡혀 욕설을 퍼붓거나 공포에 질려 비명을 토하던 것이었다. 유령을 만났다고 하는데 그것은 극도의 공포감이 화자에게 환상을 보게 한 것이다. 그 환상은 현실이 변형된 것이고, 화자에게 피 냄새까지 몰아다 준다.

빨강과 노랑, 파랑과 초록의 불빛이 센서에 다시 돌아왔다. 이젠 무섭지 않았다. 유령을 놓치지 않으려고 검은 허공에 두 팔을 휘저었다. 픽! 바보처럼 변기에 무릎을 세게 박았다. 겨우 몸을 한 바퀴 맴돌 정도의 공간에서 방향감각을 잃다니. 희한하게도 아프지 않았다. 감방의 내부에서 피 냄새가 진동했다. 코를 킁킁대며 주변을 살폈다. 딱하게도 그동안 피 냄새를 풍긴 진원지가 내 무릎이었음을 알아내고 피식 웃음을 터뜨렸다. 아무리 무서웠기로서니, 제 몸에서 흐르는 피 냄새에 겁을 먹다니. 내 정수리를 한 대 쥐어박았다.

피 냄새의 진원지가 본인의 무릎이었을 정도로 겁에 질려 있었던 것이다. 다시 질문한다. 왜 화자는 이런 곳에 돈을 내고 들어가서 관람을 했던 것일까? 거듭 말하지만 호주의 역사를 알고자 하는 작가의식이 이곳에 발걸음을 하게 했으리라고 본다. 화자는 이제 여기서 계속 살게 되었으니 '여기'를 알고 있어야 한다고 생각했을 것이다. 소설의 화자는(아니, 소설가 자신은) 교수대의 희미한 흔적을 올려다보고는 예전에 본인이 투옥되거나 사형당한 것 같은 억울한 감정을 느낀다. "여자라는 성으로, 가난 때문에, 무지해서, 이방인이어서……" 하는 말은 일종의 자문이다. 여기서 죽은 여자 사형수도 있었을 것이다. 그녀의 가혹했던 삶의 여정을 생각하면서 작가는 자신의 정체성을 확인하고 있다. (무슨 이유에서인지 확인을 해보지는 않았지만) 대한민국에서 바누아투 공화국으로, 다시 호주의 뉴캐슬로 이민을 간 자신의 여정을 생각해본 것이 아닐까. 사형수의 방에서 변기에 무릎을 박고 피를 철철 흘리는 경험을 실제로 했었다면.

「범죄자 식민지에서 무슨 일들이」는 이번 소설집에서 특히 주목해야 될 작품이다. 앞서 잠시 언급했던 호주의 역사가 소설의 앞머리에 펼쳐진다. 그리고 이야기는 유명한 살인마 메이저 아더 그리피스에 대한 이야기로 접어든다. 이어지는 식인귀 알렉산더 피어스에 대한 이야기는 소름을 돋게 한다. 우리가 유영철의 이름을 모르는 사람이 없듯이 호주 사람이면 다들 알고 있는 이름이 아닐까.

이 소설에서도 두 남녀는 메이틀랜드란 감옥을 찾아가 이들의 흔적을 확인하려고 한다. 그래서 감옥에 찾아간 화자는 기막힌 자료를 찾아낸다. 1870년부터 1930년까지 60년 동안 뉴사우스웨일스에서 검거한 4만 6,000명 중에서 100명의 죄수를 발췌하여 집중 조사한 내용이었다. 20명의 연구원들이 이들의 생애를 파헤치기 위해 무진장 애를 쓴 모양이다. 영국에서 죄를 지어 호주에 온 사람들 외에 이제는 호주에서 범죄를 저지른 사람이 이렇게 많아졌다는 것은, 욕망포화의 법칙이 가동되는 자본주의의 속성 때문일 것이다.

　대양의 한복판에서 살인을 저질렀다든가, 목장의 말을 훔친다든가, 우체국 직원이 위조지폐를 통용하는 일 외에도 환자를 독극물로 살해하는 간호사, 지독한 소매치기 등 100명의 범죄자 유형은 각양각색이었다. 대부분이 상습범인 그들은 정신적으로나 육체적으로 나약했고, 지적 장애자이거나, 술이나 마약에 깊이 중독되어 감정조절 능력을 상실한 경우가 많았다.

　연구원들이 조사한 죄수 중에는 열한 살짜리 소년도 있었다. 형과 함께 말을 훔친 죄로 처음 투옥된 이후 감옥을 안방 드나들 듯 하게 되는데, 작가는 그의 삼촌이 유명한 산적 벤 홀(Ben Hall)임을 알게 된다. 벤 홀의 생애는 영화로 만들어질 만큼 호주에서는 유명하다. 58세 때 죽은 제임스 홀의 일생을 살펴보면서 화자는 착잡한 심정에 사로잡힌다. 이미 오래전에 종결된 '죄수들이 세운 나라'라는 오명의 실체를 확인하면서 화자는 태기를 느낀다. 16만 명이나 되는 죄수가 유형을 살았던 땅인 호주, 누가 뭐라 해도 그들 모두가 죽을 때까지 감옥살이를 한 것이 아니라면 출옥 후에는 호주에서 살았을 것이다. 그들의 자식은? 자식의 자식은? 영국인들은 원주민을 죽이고 몰아내고 차지한 광활한 땅에다 죄수들을 부려놓았다. 죄수들이 현재 호주인의 조상이 아니라고 부인할 수 있을까? 화자가 갑작스레 겪는 태동은 주인공의 착잡한 심정을 대변한 상징적인 표현이다. 호주의 감옥에 대한 소설은 또 있다. 「죽음의 가면과 마라의 독백」이다.

이 소설은 상당히 환상적인 분위기를 연출하면서 시작된다. 꿈속이 출발점이다. 마라라는 여성이 오빠를 무진장 보고 싶어 하는데, 화자와 오빠가 친 오누이인지는 밝혀져 있지 않다. "전율하는 가슴을, 요동치는 마음을 받아들이지 않을 수 없었다. 사랑해……. 아직도, 너무나 사랑해, 오빠……."라는 대목을 봐서는 오빠라고 부르는 옛 애인 같다. 문제는 마라가 멜버른에 있는 감옥에 홀린 듯이 가본다는 것이다. 앞의 세 소설이 그렇듯이 주인공이 감옥이라는 공간에 집착하는 이유가 소설 속에 밝혀져 있지는 않다. 이 소설에서는 '죽음의 가면'이라는 소도구가 등장한다. 죽음의 가면(데스마스크)는 죽은 사람의 얼굴에 석고를 씌워 만든다.

가만히 기억을 되짚어보던 마라는 멜버른이란 도시를 한 번쯤 가본 적이 있는 것 같았다. 그녀의 학교가 소재한 뉴사우스웨일스

와 접해 있는 빅토리아주에 실제로 발을 딛고 걸어본 적이 있는
것만 같았다. 하지만 그것이 느낌일 뿐이란 것을 그녀는 금방 알
수 있었다. 무엇 때문일까, 곰곰 생각을 짚었다. 그녀는 알 것도
같았다. 멜버른. 그것은 꿈 때문이야. 아니야, 오빠의 허벅지에 새
겨진 그 죽음의 가면 때문이야. 가면이 손짓하며 그녀를 부르는
것 같았다.

'오빠의 허벅지에 새겨진 죽음의 가면'과 멜버른의 구감옥
에 가는 일이 어떤 연관이 있는지도 애매하게 처리되고 있다.
'죽음의 가면'은 영화『쾌걸 조로』의 그 가면처럼 "은행을 털
어서 가난한 사람의 채권을 불살라버렸다는 그 가면의 주인"
인가? 자꾸만 헷갈리게 하는데, Ned Edward Kelly(1855~
1880)라는 이름이 나온다.

셀 수 없이 많은 죽음의 가면 중에서 오빠의 허벅지에 새겨진
타투의 가면을 힘겹게 찾았을 땐 이마에 굵은 땀방울이 맺혀 있었
다. 가면은 단번에 알아볼 수 있었다.
Ned Edward Kelly

이 감옥에 있다가 교수형을 당한 범죄자 중 한 사람인 것 같

다. 화자가 멜버른의 옛날 감옥에서 본 것은 네드 에드워드 켈리의 가면이었나 보다. 그는 삼만 명이 훨씬 더 되는 시민들이 구명운동을 벌였지만 종내 교수형을 당했다고 한다. 일종의 의적이었던 것일까. 136쌍 272개의 발이 디뎠던 사형대. 켈리는 숨이 끊어진 30분 후에 처형대에서 시신이 내려져 카트에 담겨 수족관으로 옮겨졌고, 머리카락과 수염과 털이 제거된 후 매끄러워진 두상에 하얀 석고가 발려졌다고 한다. 이 사람의 장식띠에 얽힌 일화가 재미있다. 초록색 장식띠는 가면의 주인공이 열한 살 때 익사 직전의 소년을 구해주고 받은 포상이었다고 한다. 목숨이 끊어지는 그 순간까지 허리에 감고 있었다는 장식띠는 결국 어긋한 인생이 남긴 죽음의 표징이다. 교도소 내 전시실의 유리관 속에 들어 있는 장식띠에는 이런 내력이 숨어 있었던 것이다.

「어제 오늘 내일」이라는 소설의 제목은 들꽃의 이름이기도 하다. 보라와 분홍과 흰 꽃잎이 하나의 나무에서 나서 그런 이름을 갖게 된 모양이다. 사랑도 그렇고 인생도 그렇고 운명도 그렇고 늘 같은 색일 수는 없다. 어제 오늘 내일이 다 다를 수도 있다. 이 소설은 종신형을 받은 애인 면회를 가려고 기차를 탔다가 사고를 당한 여인에 관한 이야기다. 열차여행 중 전화로 한참을 얘기하며 주변의 눈총을 받던 여인이 있었다. 소설

중간에 알렉산더 그린이란 사형집행인도 언급되고 여러 차례 투옥 경험이 있는 시인 헨리 로우슨의 이름도 나온다. 기차가 멈추었다 다시 출발하는 과정에서 여인은 사고로 엠블런스 헬리콥터에 실려가고, 아무 일도 없었던 양 다시 출발하는 기차. 우리들의 삶도, 죄수들의 삶도 마찬가지일 것이다. 누가 사형을 당하든 누가 사고로 죽든 태양은 다시 떠오르고 별은 밤이 되면 하늘에서 빛난다. 이것이 운명인 것인가. 테리사 리는 감옥을 중심으로 하여 살아가는 인간들의 운명론을 펴고 싶었던 것인지도 모르겠다. 「바닷가의 묘지」도 마찬가지다. 곳곳에서 감옥 이야기를 한다.

노폭아일랜드에 가장 근접한 조그만 필립아일랜드는 섬을 탈출하려는 죄수들의 탈출을 강인하게 유혹하는 대상이 되었고, 그곳을 탈출하려던 죄수들의 모험 결과는 언제나 죽음이었다고 했습니다. 깊고 거센 물살이 목숨들을 삼킨 것이었습니다.

일행은 자율적으로 흩어져 꽃도 십자가도 없는 묘비들을 돌아봅니다. 교수형을 당한 죄수들의 무덤에도 간간히 비석이 세워져 있습니다. 대부분이 자연석이지만 조그만 묘비에 죄수의 이름과 고향, 교수형을 당한 날짜까지 친절한 것도 눈에 띕니다.

화자가 남자친구에게 보내는 편지 형식으로 쓴 소설이므로 서간체소설이라고 할 수 있겠다. 이 소설의 전반부는 사형당해 죽은 이들의 무덤이 있는 바닷가 묘지에 대한 이야기가 중심이고 후반부는 『가시나무새』를 쓴 콜린 맥칼로 저택 방문기라고 할 수 있다. 그런데 이처럼 화자는 소설 곳곳에서 죄수, 감옥, 교수형 이야기를 하고 있다. 화자가 '제 남자'라고 부르는 이를 처음 만난 곳도 '역사 속에 숨은 범죄자들' 이벤트에서였다. 그 당시에는 '러브토큰'이란 것이 있었다면서 거기에 대한 이야기도 한참 전개된다. 화자인 이 소설의 주인공도 결국은 참혹했던 과거지사에 대해 이야기를 하게 된다. 감옥에서 반란이 일어났었던 모양이다.

제 남자의 고조할아버지가 무고한 무리에 속하는 인물이었음을 저는 직감으로 알아챘습니다. 사건 현장에 존재했다는 이유 하나로 그들도 반란자들과 함께 교수형을 당한 것입니다.

미셸 푸코는 문명화가 진전될수록 인간이 더 많은 감옥, 더 큰 감옥을 만들게 되었다고 『감시와 처벌』이라는 책에서 썼다. 작가는 지난 2년여 동안 이 한 권의 소설집을 준비하면서 호주의 역사에 드리워 있는 '감시와 처벌'을 연구하고 형상화하였다. 그래서 노폭섬 관광에 나서서 "교수형을 당한 죄수들의 무덤에도 간간히 비석이 세워져 있습니다. 대부분이 자연석이지만 조그만 묘비에 죄수의 이름과 고향, 교수형을 당한 날짜까지 친절한 것도 눈에 띕니다"라고 경험한 것을 들려주고 있는 것이다. 소설은 쿵쿵이라는 집에서 키우는 개가 불독을 물어죽였다는 소식을 듣는 것으로 끝난다. 상징적인 장면이다. 인간세상이 그렇듯이 개들도 서로 화합하여 살지 못하고 목숨을 빼앗는 것이다. 그러니까 테리사 리는 호주의 역사를 공부하면서 토마스 홉스가 말한 "만인에 대한 만인의 투쟁"이라는 역사의식을 갖게 된 것이 아닐까.

두 마리의 개가 주인공인 양 나오는 소설 「디거스」는 '감시와 처벌'과 무관하다. 화자의 아들이 구입한 개 '버진'과 옆집 아가씨(아들의 애인이다)가 구입한 '젯스타'를 중심으로 전개되는 소설에서 이슈가 되는 것은 '디섹스', 즉 거세수술이다. 인간이 짐승의 본능을 인위적으로 제거할 수 있다는 것, 어찌 보면 폭력이고 어찌 보면 시혜다. 작가가 이 소설에서 거론하고 있는 또 하나의 이슈는 피부 빛깔에 따른 인종차별이다. 한국인의 정서로는 흑인과의 결혼은 수치스러운 일이다. 검은 피부는 비천하다는 잘못된 인식 때문이다. 그래서 공공연히 결혼 사실을 공개할 수도 없다. 이 소설에서 아주 흥미롭게 읽은 부분이 한국과 호주와의 거리를 논한 통화 내용인데, 인용문은 아들 애인의 피부색에 대해 오누이가 나누는 대화 내용이다.

"오빠!"

"검다 검어!"

"도대체 무슨 말씀을 하시는 거예요? 잘 안 들려요. 태양이 짝 말인가요? 아, 그 시인요? 얼마나 검은가요? 초콜릿 같은가요?"

"요컨대, 그냥 검다니까."

"우유 탄 초콜릿 말인가요? 그러니까, 브르넷요. 밝은 브르넷요? 짙은 브르넷요?"

"하지만 손바닥과 발바닥은 밝은 편이다."

"속초와 호주 간의 시그널이 안 좋아요. 그러니까 말하자면 짙은 고동색이라고요?"

"떼까마귀 날개 같다니까. 속초 앞바다 오징어 먹물 같다고."

"그러니까, 뼈오징어 먹물 같아요? 아니면 일반 오징어 먹물 같은가요?"

"그렇게 궁금하면 직접 와서 보면 될 것 아니야. 지금은 도주한 상태지만."

아들과 연인은 아들 아버지의 언행에 불만을 품고 개를 두고 '도주'해 버린다. 아버지는 "그럼 넌, 애기 피부가 아무래도 상관없는 거냐?" "아프리카 아가씨를 고르다니!"라는 말을 수시로 하지 않나, 아들의 반대에도 불구하고 동물병원에 개를 데려가 중성화수술을 시도하지 않나 부자지간에 의견이 계속 어긋나 집을 나가버린 것이다. 화자의 아내는 교통사고로 사망하여 중재자 역할을 할 수 없다. 대화를 나눈 오누이는 짐작컨대 속초 출신이다. 아들 연인의 피부색을 놓고 나누는 대화가 재미있기도 하고 씁쓸하기도 하다. 화자의 집안이 호주로 이민을 오지 않았다면 아들이 흑인여성과 사랑의 도피행각에 나서지는 않았을 것이다. 그다음에 이어지는 3편의 소설도 '감시와 처벌'에 대한 이야기가 아니고 호주에 이민 온 한국인들의 삶에 대한 것이다.

소설 「아테네」의 화자는 이민 3년차로, 스포츠 숍을 하면서 살고 있다. 귀갓길에 차 속에서 어떤 장면을 목격한다. 동양인 소년과 서양인 소녀가 은밀히 대화를 나누는 장면이다. 화자는 소녀가 자신의 외모를 이용해 소년을 유혹하여 마약을 파는 장면이 아닌가 짐작한다. 스마트폰 카메라로 범죄현장을 찍은 화자는 경찰에 신고를 하고는 시민의 도리를 다했다고 안심하는데 웬걸, 소녀는 멀쩡하게 풀려나 자신의 '일'을 하고 있었고 스포츠 숍은 누군가의 방화로 불이 난다. 호주에서는 마약사건이 인구비례로 쳐 미국처럼 빈발하지는 않지만 청소년들이 마약의 위험에 노출되어 있음을 말해주는 소설이 아닐까, 짐작해본다.

「비둘기 눈」은 아주 상징적인 소설이다. 10편의 소설 중 기법적인 면에서 가장 승한 작품이 아닌가 한다. 성폭행을 당한 트라우마가 있는 듯한 동남아 여성은 갓 출소하여 오갈 데가 없자 같은 날 출소한 한국인 남자에게 달라붙는다. '150여 마리 비둘기 독살. 부검한 비둘기 배에서 비산 검출'도 상징이다. 한국인 불법이민자가 필리핀 부인을 성폭행하려다 호주 남편에게 발각되었고, 남편을 찌른 사건도 하나의 상징이다. 호주가 이제는 미국만큼이나 인종전시장이 되어 온갖 범죄가 다 일어난다. 소설의 화자가 혈연이 있고 아내가 있는 한국으로 돌아가지 않을 결심을 하는 것도 상징이고 알몸을 보인 동남아 여성과 섹스를 하지 않는 것도 상징이다. 화자가 감옥에서 비둘기를 그린 것도 상징이다. 이 소설에 나오는 모든 인물은 '고독'의 기운을 풍긴다. 자유를 갈망하지만 자유롭지 않고, 정을 나누고 싶지만 외롭다. 호주에 이민을 간 사람들은 대다수 더 나은 삶의 조건을 찾아서 간 것이겠지만 실상은 더 외롭고 더 고립되고 있다고 테리사 리는 말하고 싶어서 이 소설을 쓴 것이 아닐까.

크리스마스를 즐기려고 모인 한국 이민자들의 파티 모습을 보자. 음식을 준비하여 떠들썩하게 크리스마스 기분을 내려고 하는데 여의치 않다. 산불이 나고 전기가 나간다. 호주의 산불은 주기적이기도 하고 자연발생적이기도 하다. 산불의 범위나 규모가 너무 커 손실이 큰 경우도 있지만 호주사람들은 산불을 태풍 같은 천재지변으로 여긴다고 한다. 일행은 음식을 싸들고 해변으로 가서 기분을 낸다. 소설의 마지막 장면이다.

산타가 빨간 모자와 바지를 벗어던지고 김밥을 입에 물고 벼룩처럼 뜨거운 모래사장을 달려가서 바닷물에 풍덩 하고 몸을 던져 넣었다. 그 뒤를 이어서 수녀와 신부, 남자와 여자도 옷을 벗어던지고 캥거루처럼 물을 향해 달려갔다.

한국에서는 상상도 할 수 없는, 지구 저 먼 곳의 크리스마스 풍경이다. 한국과 호주는 시차가 2시간밖에 되지 않지만 공간적 거리가 이렇게 멀다. 삶의 방식도 현저하게 다르다. 호주사람들이 서울시와 경기도의 출퇴근 시간에 지하철 풍경을 본다면 아연실색할 것이다. 호주 크리스마스의 이런 해변 풍경이 한국인에게는 이질적으로 다가오는 것처럼.

작가는 미지의 세계를 동경한다. 한 장소에 오래 머무르는 작가는 새로운 것을 발견할 기회를 갖기 어렵다. 그래서 작가는 산책을 하고, 방랑을 하고, 여행을 한다. 테리사 리는 적도를 넘어 낯선 땅 호주로 이민을 간 후 그 땅의 식민 역사에 관심을 갖는다. 작가는 발견하는 자다. 테리사 리는 호주라는 국가가 생성된 배경을 알아보았을 것이다. 일본 제국주의 식민지로서 아픔을 잘 알고 있는 작가가 영국의 식민지였던 호주 원주민의 상처에 관심을 갖는 일은 당연하다. 원주민을 미개한 인종으로 못 박아 놓고 그들을 개화시켜야 한다는 당위론을 펼치는 게 제국주의의 진짜 얼굴이다. 제 땅에서 살면서도 보호받지 못하고, 침략자에 동화될 수 없는 인종은 짐승처럼 죽어 나간 과거사를 호주 땅은 갖고 있다.

취재와 조사를 통해 실증성을 확보한 테리사 리의 소설을 한글로 읽을 수 있어서 얼마나 다행인가. 제국주의 주체 앞에서 야만적이고 저능한 짐승으로 전락한 호주 원주민이 일제 압제하의 우리 민족과 겹치면서 공감대가 저절로 형성된다. 인간의 존엄성을 완전히 제거하려던 외세의 잔학성을 촘촘하게 진술하면서 작가는 리얼리티를 확보했다. 그녀의 작품들은, 식민 역사의 잔재가 아직 다 청산되지 않은 우리의 현실을 비춘다. 약자의 존재감은 그들이 자신의 아픔에 대해 말할 수 있을 시점에야 상대에게 인식된다. 침묵만이 그 약자들의 환경일 때는 그들에게 죽음밖에 없다. 그렇게 죽어나간 혼령들의 말을 받아쓰면서 작가는 소설이라는 형식 속에 그들의 피냄새까지 실어냈다.

테리사 리는 인간으로 태어나 존엄과 가치를 인정받지 못한 이들의 삶에 주목하였다. 현재의 풍요가 있기까지, 그리고 다인종 국가가 성립되기까지 원주민과 유민(流民) 사이에 일어난 첨예한 갈등은 결코 과거에만 묻어둘 일이 아니다. 존엄성이 무시되는 일은 항다반사, 다인종 국가인 호주가 현재는 물론 미래에도 안고 가야 할 문제를 테리사 리가 예리한 투시력으로 짚어냈다. 멀고먼 한국 땅에서 호주를 향해 큰 박수를 보내고 싶다. ✸

해설

어제 오늘 내일

1쇄 발행일 | 2018년 10월 31일

지은이 | 테리사 리
펴낸이 | 윤영수
펴낸곳 | 문학나무

문학나무편집 | 03044 서울 종로구 효자로7길 5, 3층
기획 마케팅 | 03085 서울 종로구 동숭4나길 28-1 예일하우스 301호
이메일 | mhnmoo@hanmail.net

출판등록 | 제312-2011-000064호 1991. 1. 5.
영업 마케팅부 | 전화 | 02-302-1250, 팩스 | 02-302-1251
ⓒ 테리사 리, 2018

ISBN 979-11-5629-083-4 03810